母のあしおと

神田　茜

集英社文庫

目次

母のあしおと

はちみつ

平成二十六年

はる子《こ》さんの庭にはまずオンコの木がまん中にあって、その周りにツツジや菊やサツキ、それに季節によってチューリップやダリアが咲く。低いブロックの囲いにそって芝ザクラが敷き詰めてあり、空いているところにトマトやモロッコインゲン、シシトウが順番に実をつける。

お天気のいい日の午前中は、麦わら帽に手袋をしたはる子さんがたいてい庭にいて、腰を屈《かが》めながら手入れをしている。

はる子さんは亡くなった妻に似ている。

そう気づいたのは、はる子さんのご主人がまだ元気なころだった。

私が庭の前の路肩に軽トラを停《と》めると、はる子さんは顔を上げて小さな口とぽっこりした頬骨を見せて会釈する。

会釈を返しながら音をたててドアを閉じ、庭の小径《こみち》を行く私をはる子さんは微笑《ほほえ》んで見ていてくれた。庭のどの花よりも品がよく、華麗にはる子さんは立っている。

「どうも」

「どうも」

トマトの枝葉越しに向かい合った。

「これ、ハチミツ」

「あら、きれい」

搾りたてのハチミツの入ったビンを差し出すと、はる子さんは手袋を外して両手で受け取り、空にかかげて黄色い蜜を光に透かした。

「こんなに大きいと、食べきれるかしら」

「うちのやつはレモンを輪切りにしてこれに漬けておいて、お湯で割って飲んでたよ。あとはヨーグルトに入れたり、パンに塗ったり、煮物にも使えるし、あ、そうそう、ジャガイモを蒸《ふ》かしてバターとこれをかけると美味《うま》い。うちのやつはいろいろ使ってた」

「そう。体にいいからね。いろいろ使うとね」

ふと目を逸《そ》らしたはる子さんを見て、うちのやつがどんなふうに使っていたかなんて、うっかり話さなければよかったとすぐに後悔した。はる子さんだって、いくらでも使い道を知っているはずだった。ご主人が亡くなりひとりになって、食べきれるかどうかと、はる子さんはそう言いたかったのだろう。

私は女性のこまかい気持ちに対して気の利かない男だ。うちの道子《みちこ》にいつも言われていたのに、またやってしまった。

「使いきれなくても、腐るもんじゃないから」

「そうね」

「使ったら使ったで、また持ってくるさ」

「すいません。忘れないうちにお支払いしなくっちゃ。おいくら？」

「いやあ、いいの。これは趣味だから」

「だって、これお店にも卸してるんでしょ？」

「従妹《いとこ》の子どもがやっている喫茶店にね。それだってビン代くらいしかもらわない」

「じゃあ、ビン代払うわ」

「いや、いいの。じゃあ、空いたら返却して。またそれに入れるから」

今年最初のハチミツは、真っ先にはる子さんに持ってこようと張り切りすぎて、千二百グラムの大ビンに入れてしまったのだが、むしろ小さいほうが使いやすかっただろうか。小さいはる子さんには、小さいビンのほうが似合ったかもしれない。

「プチトマト、生《な》り始めたらつぎつぎだから穫《と》りに来て。黙って穫ってってもいいわよ」

「トマトも体にいいんだってね」

「そうね。体にいいわね」

体にいいものばかり食べていたであろうはる子さんのご主人は、七十歳で亡くなったのだから、人は長生きするために健康に気をつけるわけではないのかもしれない。

「ひとりになると、食事が面倒だね。女のひとはちゃんと作るんだろうけど」

「そうでもないの。ご飯も炊かない。食パン齧《かじ》っておしまい」

「よくないよ。気をつけなきゃ」

「そうね」

「病気になると大変だから」

「看病してくれるひとがいないものね」

「お互いにね」

先が見えているのに体にいいものを食べるのは、病気で寝つかないようにするためではないだろうか。ひとに迷惑をかけながら長生きするよりも、健康なままぽっくり死にたいから。はる子さんのご主人が脳梗塞でぽっくり亡くなり、うちの道子が心臓病でぽっくり逝ったのも前日まで健康だったおかげだろう。

「明後日《あさって》のお花見会はいらっしゃる？」

「うん、そのつもり」

「ジンギスカン、食べるだけだけど」

「酒飲めないから長居しないようにする」

「あら、歌でも唄っていいのよ」

「いやあ、そういうのはどうも……」

「しらふじゃあね。昼間っから」

「はは、からっきし」

つまらない男だと、たぶん老人会のみんなが思っているはずだ。若いころから知っている近所の男連中はつぎつぎに亡くなって、残っているのは定年後にここに住みついた人たちだ。二十年ほど前からこの辺の宅地開発が進み、転勤族や郡部の夫婦などが老後の住まいを求めて家を建てた。話し上手やカラオケ上手の社交的な男が多く、そういうやつらは女性陣に人気がある。

「うちのお父さん、賑《にぎ》やかな場所が苦手でね」

「ああ、そうだったかな」

「もっと楽しんでから逝ってもよかったのに」

視線を落としたはる子さんは、斜めになったトマトの支柱を、まっすぐに立てなおした。

老人会で目立つことや、大勢で遊ぶことがご主人にとって楽しいことではなかったと思うよと言いたくなったがやめておいた。ご主人にかこつけて自分のことを言っていると取られるかもしれない。

はる子さんのご主人は、私と同じ中学校の一年後輩だった。昔から真面目で大人しい男だったが、その点でも私と似ているかもしれない。

タイヤで砂利を弾《はじ》かせ、隣家の中内《なかうち》さんの車庫に車が入ってきた。奥さんが運転をして、助手席に乗っているのが、老人会の人気者の旦那だ。

「だめだよ、日吉《ひよし》さん。喪中の人くどいちゃ」

「はは、通りかかっただけですよ」

はる子さんが、抱えていたハチミツのビンを、そっと足元に置いて隠すのが見えた。

「こんど、河原のパークゴルフに来ない？」

車を降りてきた奥さんが、私に声をかけてくれた。どうりで旦那は手にゴルフのパターのような棒を提げている。

「いやいや、そういうスポーツは」

「簡単よ」

「いや、もう、ルールもなにも」

「教えてあげる」

以前ゲートボールに誘われて行ったことがあるが、なんだか人間関係がわるくなりそうなルールで、続ける気にはなれなかった記憶がある。

「私も行こうかしら。一緒にやる？」

「え？」

はる子さんが行くのならと一瞬考えた。

「たまには運動しなきゃ」

「うん」

生返事をして、軽トラに戻った。長居してはまた中内さんに冷やかされる。

「日吉さん。予定が決まったら電話するね。だいたい水曜日の午前中」

「はい。あ、山にいますから」

「ああ、あっちね」

頭を下げて車をバックさせた。はる子さんは庭のまん中に立ち、胸の前で小さく手を振ってくれた。はる子さんの手は、色白ですこしぷっくりしている。それでいて指先は尖《とが》って、まるで楓《かえで》のような手だ。それも道子と似ている。

路地の突き当たりを左折すると、白い壁にこげ茶色の屋根の我が家がある。通りの脇に車を停め、玄関を開けてタタキに散らばっている郵便物を拾った。なかには上《あ》がらず、変わりないことだけ確認するとまた鍵を閉めた。用心のために玄関灯だけ年中点けてある。

再び軽トラを走らせ国道に出た。家の車庫には古い車が入っているが、使うのはもっぱらこちらの軽トラだ。養蜂の道具を積むために買った。

ふたりの息子は東京で家庭を持ったので、私は定年を迎えてから親父《おやじ》が生前買っていた山のなかに山小屋のようなものを建てた。養蜂をはじめるのが目的だったのに、道子はそこでの暮らしを気に入り、春から秋までは家よりも小屋に寝泊まりすることが多くなった。道子がいなくなって三年半になるが、ひとりになった今も、雪のない時期は山にいて蜂の世話をしている。

いつか、はる子さんに「山にひとりじゃ、寂しいでしょう」と言われ、「いやあ、町にひとりでいるほうが寂しいよ」と答えたことがある。はる子さんは怪訝《けげん》な顔をしていたが、あのころはまだご主人が健在で意味がわからなかったのだろう。

前を走るシルバーの軽が右折して、パチンコ屋の駐車場に入った。ほとんど行ったことはないが、パチンコ屋とカラオケ屋というのはいつも常連で賑わっていそうだ。

連れ合いに先立たれた者が、賑やかな場所に行って大勢で騒いで、それから家に帰ってひとりで寝るのはどんなに寂しいものか。いやしかし、それも私の性格上の問題で、私以外のひとり者は、大勢でいればすこしでも寂しさが紛れるものなのか。

ウインカーを上げて左折すると、大型スーパーの駐車場に軽トラを停めた。

はる子さんはどうなのだろう。みんなでカラオケを唄ってひとりであの大きな家に帰ってから、よけいに寂しくはならないのだろうか。冷たい布団に入ってから、ご主人の体の温《ぬく》もりが恋しくて胸がつぶれそうなほど苦しくはならないのだろうか。

スーパーの入口にソフトクリーム売り場があり、ちょっとした休憩スペースではいつも幼子らのはしゃぎ声がしている。そこの前を素通りすると大きなカートを押して、牛乳と卵、ハムの塊と、ツナやサバの缶詰めをカゴに入れた。あとは米を十キロ。小屋の冷凍庫には、鮭やホッケが入っているし、青野菜は小屋の前に種を蒔《ま》いて芽が出ている。山菜も時季《じき》だし、野菜類はしばらくまかなえるだろう。空いている通路を選んでレジに向かった。

道子は毎朝作る味噌汁《みそしる》に、山で採ったきのこを入れていた。あとはウドの酢味噌和《あ》え、ワラビのおひたし、フキの煮物もよく作った。もう一度食べたいと思うが、自分で作る気にはならない。私が作って美味かったとしても、寂しいだけのような気がする。

カートに載せたカゴと米の袋をレジ台に置きながら、はる子さんにこんど山で採った山菜を持って行こうと思いついた。

「ポイントカード、お持ちですか？」

レジの女性に問われ、あわてて財布からそれを取り出した。なんど来ても言われるまで出すのを忘れてしまう。

はる子さんも、道子と同じくらい長く家事をしてきたひとだ。もしも機会があったら、はる子さんの味付けで山菜料理を食べてみたい。一緒に山を歩いて舞茸《まいたけ》の出る場所を教えてやりたい。そんなずうずうしいことを考えてみた。

運転席に乗りこみながら、助手席にさっき放り投げた郵便物のなかに、また役所からの集会の誘いがあるのが見えた。こんな封筒など持ってこないで捨ててしまえばよかったと、気分が沈んだ。役所の誘いに乗って行ったことがあるが、独居老人は地域とのつながりを大切にするようにという話を聞かされただけだった。どこぞで死後何日も経《た》った孤独死体が見つかったなどと、老人を脅すようなことばかり言って、有難がるとでも思っているのだろうか。

ひとりで死ぬことの何がわるいと言うのか。死ぬ間際に誰かに「死にそうだ」と告げたとしても、看取《みと》ってくれるのは知らない医者か看護師か、町内の誰かだろう。だったら住みなれた場所でひとり静かに死にたい。

日差しがあるおかげで車内が暖かい。従妹の子どもがやっている国道沿いの喫茶店に向かった。そこの弘美《ひろみ》という娘は札幌《さっぽろ》の調理師学校に行き、同級生と結婚して喫茶店を開いた。

お茶とパンケーキが売り物らしく、若い客でけっこう賑わっている。道子が元気なころは毎週食べに来ていた。道子はパンケーキがふわふわで美味《おい》しいと言っていたが、私にはやわらかすぎた。子どもたちが小さかったころに道子が作っていた、硬めで卵の味がするホットケーキが食べたくなった。店を出てからよくそう言ったものだが、道子は若いころ作ったホットケーキは失敗作だったと言い張って、とうとう作ってはくれなかった。

「忙しい時間かい？」

「あ、おじさん。もうランチが落ち着いたところ。どうぞ」

「いや、お茶はいいよ。ほら、ハチミツ」

「あー嬉《うれ》しい。初物だ」

客商売をしているだけあって、愛想のいい娘だ。なにやら相談したいことがあるのだと、カウンターの席に座らされた。弘美は隣の椅子を引き、腰かけないうちからせっかちに話しだす。

「うちのひとの実家で蕎麦《そば》が穫れるからね、蕎麦粉をパンケーキの材料に使ってみたの」

「ああ、いいね、蕎麦」

そう言えば、店主の実家は、蕎麦や小麦や小豆を作る農家と聞いた。

「けっこう美味しいパンケーキになったから、店の新メニューで出そうと思ってるんだけど。それで、蕎麦についていろいろ調べているうちにね、蕎麦のハチミツが体にいいって、最近売れてるんだって。知ってる？」

目を輝かせて弘美は、なにか企《たくら》んでいそうだ。

「蕎麦のハチミツは昔から嫌われもんなんだよ。蜂の先生のところで舐《な》めたけど、クセがあって不味《まず》いんだ。だから養蜂家は蕎麦の花が咲く前に採蜜をすませるの。ヘタをすると蕎麦の花が早く咲いて、混じっちゃうことがあって、そのハチミツは品質が落ちるんだ」

「そうなんだ。ネットで一個買ってみたら、やっぱりクセがある味ね。でもね、ミネラル、鉄分がすごく多くて美容にいいんだって。せっかく蕎麦粉のパンケーキにするなら、蕎麦のハチミツかけたら面白いんじゃないかと思って。おじさん今年、採ってみてよ」

「蕎麦で？」

「そう」

レジ横の壁に貼ってあるカレンダーを見ながらすこし考えた。蕎麦の花が咲く時期は七月から八月だから、その時期までに新しい巣箱を置けばいい。店主の実家の畑に置かせてもらおうか。苦情が来ないように通学路などのない場所にしないといけない。まあ、知り合いの養蜂家に尋ねながら実験的に一箱だけやってみるか。

弘美の顔を見て「うん」と頷《うなず》いた。

「やったー。じゃあ、お願い」

「蕎麦畑は広いから、確実にハチミツは採れると思うけど、あの味はよっぽど使い方を考えないとね」

「それは研究しておくからさ」

顔をほころばせて、弘美が試作品の蕎麦粉パンケーキを食べてみてほしいと言う。木の皿に載ったそれをナイフで切って口に運ぶと、しっかり歯ごたえのある生地だ。甘みを抑えてあるので蕎麦の香りをちゃんと感じられる。

「これはね、おやつとかデザートじゃなくて食事にしたいの。野菜サラダや、キンピラや、かぼちゃの煮たのを載せて」

「その上から蕎麦のハチミツ？」

「バルサミコ酢とか、ヨーグルトと合わせて、新しいソースを作るの。まだ試作中だけど、体にいいほうが売りになるもんね」

その話を聞きながら、はる子さんなら体にいいパンケーキが好きだろうと考えた。ここにはる子さんを連れて来たら、喜びそうな気がする。

「いいね、このパンケーキ。昼ご飯に、もう一枚くれる？」

「よかった。じゃあ、おじさん、蕎麦のハチミツもお願いします」

「ああ、やってみるよ」

店を出て軽トラを走らせながら、クセが強くて嫌われ者の蕎麦のハチミツも、純粋であれば価値があるのかと可笑《おか》しくなった。世の中には家では愛されているのに、大勢に交ざると変わり者に見える人間がいるものだ。なんだかやる気が湧いてくる。そうとなれば、蕎麦百パーセントの濃いハチミツを採らねばなるまい。

帰り道に山のなかまで入り、桜の木のそばに置いた巣箱の様子を見て、小屋に戻った。見ためよりもとにかく頑丈であるようにと注文して、知り合いの大工に作ってもらった小屋は、平屋で窓がふたつしかない。緑色のトタン屋根は雪が落ちるよう三角にして軒下を広くとってある。

その軒下に干してあった洗濯物を取り込みながら小屋に入ると、買ってきたものを冷蔵庫に入れた。米も袋ごと冷蔵庫の野菜室だ。もともとひとりであれば、それなりに身の丈に合った物を揃《そろ》えたのだが、冷蔵庫は家族向けの大型で、物干しハンガーも大きい。余った隙間を見るにつけ、ひとりを思い知らされる。

昨日は麓《ふもと》にある町営温泉に行ったから、今日は風呂に入らなくていいことにする。あとはラジオでも聴きながら、ゆっくり晩飯を作ってゆっくり食べて、一日はおしまいだ。夕陽《ゆうひ》が沈もうとしても腹が空《す》かないと思えば、昼のパンケーキか。それでは今夜は買ってきた卵とハムを焼いて仕舞いにしよう。

毎年五月に行われる老人会の花見は桜の開花に関係なく、第二金曜日の昼間ということになっている。この時期でも日中の気温が十度に満たず、外での宴会は年寄りには寒いということで、ゲートボール場として町内会が管理している、大型ビニールハウスのなかでのジンギスカンだ。

換気ができるように裾の所どころでビニールを上げて穴あきにしてあるのだが、それでも汗ばむほど暖かい。膝のわるい者も多く、各々が丸めた座布団や折りたたみの椅子に座り、いくつかの輪に分かれて賑やかに会話している。

いつものように、下戸《げこ》の私は肉を焼いて、玉ねぎやもやしを鍋に入れる仕事を担当し、ひとしきり食べる時間が終わってからは、そばにいるお調子者の自慢話を、みんなと一緒に笑いながら聴いている。そろそろ退散したいのだがそのきっかけが難しい。

隣の輪には、はる子さんがいて、こちらはお喋《しゃべ》りの女性が盛り上げ役をしているようだ。たびたびけたたましい笑い声があがるが、はる子さんは楽しいのだろうか。来たときに「このあいだはどうも」とハチミツの礼を言われ、それっきり目を合わせていない。

「はるちゃん、未亡人は長生きするのよ。町子《まちこ》さん見てごらんよ。旦那亡くなってしょんぼりしてたくせに、年々元気になっちゃって、五歳は若返ってるでしょ」

「あら、私は病気の旦那を看病して十分尽くしたから、これからは自分も楽しもうと思っただけよ」

「あんた、若い男と再婚するなんて言わないでよ」

「するかもよー」

「やめてよーうらやましいー」

また甲高い笑い声があがった。酒が入ると女性陣の声も耳に響く。やはりそろそろお暇《いとま》したい。

「私はもう長生きなんかしたくないわ」

はる子さんが、赤らんだ頬を見せながらそう言った。一瞬虫の音が止《や》んだように静まった。

「主人になにも尽くせなかったから、自分だけ楽しむのはなんだか申し訳ない」

「あら、はる子さんだって、すごく旦那想《おも》いだったじゃない。幸せだったわよ、旦那さん」

　隣に座っている盛り上げ役のお喋り女性がそう言う。

「でも、あと二十年くらい、一緒にいられると思ってたから、やり残したことがいっぱいなの」

「そんなこと、若い彼氏作って、やってあげればいいの」

「そうよ。はる子さんは、まだまだ色っぽい！」

　未亡人になって若返ったという町子さんがそう宣言すると、周りのみんながいっせいに笑い声をあげた。はる子さんは愛想笑いをしているが、今にも目から滴《しずく》が落ちそうになっている。

　ご主人が亡くなってまだ半年で、それも看病をする暇もなく、倒れて三日で逝ってしまったのだから、心の傷が癒えてはいないだろうに。

　はる子さんが手洗いに立った。外にいったん出て児童公園まで行くはずだ。

「じゃあ、私はちょっと、蜂の仕事があるもんで、すいません」

勇気を出してそう告げ、みんなに会釈をして退散した。急ぎ足で追うと、はる子さんはまだ公園の公衆トイレに向かう途中だった。

「はる子さん」

「あら、もうお帰りですか」

「ちょっと、蜂の仕事があるから」

「そうなの。これからカラオケとダンスがはじまるのに」

大の苦手だと、顔の前で手を振った。はる子さんがそれを見てにっこり笑った。

「あの、来週のパークゴルフ、水曜日の九時だって」

「そうだってね」

「朝、迎えに行こうか?」

「あら、いいの?」

「どうせ通り道だから」

じゃあ、八時半過ぎにと約束をして、別れようとしたときに、

「コゴミやワラビが採れるから、持って行くね」

とやけに大きな声がでた。

「嬉しい。すこしでいいのよ」

「うん。じゃあ」

手を上げて別れてから、「山菜採りに、山に来ない？」と、本当は言うはずだった台詞《せりふ》を口のなかで呟《つぶや》いた。そして、言えたところで「またこんどね」と断られるのがオチなのだからと吹っ切った。

後ろのビニールハウスでカラオケの音楽が響き始めている。

はる子さんのことだから、きっとあと何年も亡くなったご主人にわるいと遠慮をしながら暮らすのだろう。花見でどんなに笑ったとしても、どんなに唄ったとしても、心から楽しむことなどできずに。

私も同じだから、後ろめたい同士で支え合えば、亡くなった連れ合いに怒られることもないと思うよ。そうはる子さんに告げるのはどうだろうか。

軽トラを停めてある自宅に向かって歩いた。今回は家のなかまで上がり、仏壇の湯飲みの水を取り替え、すぐに出るので線香は立てずに軽く手だけ合わせた。

これから誰と居たとしても、道子と暮らした日に戻ることはできない。だから、その気持ちをわかり合えるはる子さんとふたりで、月に一回くらい山を歩いて山菜を探し、年に数回ハチミツを採ってそれを喫茶店に届け、ついでにパンケーキを食べる生活。

楽しむわけではなく、ただ日常をふたりで過ごすだけ。それは持ってはいけない望みだろうか。

小屋の前で蕎麦のハチミツを採るための巣箱作りを始めた。試しに自分で作ってみようと思い、昨日は今使っている巣箱の大きさを測り設計図を描いた。今日は朝いちで木材を買ってきたので、これから鉋《かんな》をかけて鋸《のこぎり》で切る作業だ。

長いこと北海道庁で森林計画の仕事をしていたが、そのときに知り合った養蜂家に教わり、老後の趣味としてもできる簡単な巣箱を買った。小さい茶箱のような木の箱で、底のほうに蜂が出入りできる小窓がついている。最初のミツバチの群れも専門業者から買うことができた。

養蜂家に電話をして逐一教わりながらの素人作業で、どうにかこうにか始めたのだが、こちらの考えよりもミツバチの生命力のほうが勝ったと言うか、勝手に蜜を集めてくれていて、道子と一緒に感動したものだ。

初めて採蜜のために巣箱を開けたときに道子は「生き物の力はすごいわね。あんなに小さい体で、こんなに蜜を集めるのよ」と目を潤ませて言った。

まさに小さな体でこつこつと運んだ蜜が、六角形に区切られた巣にびっしりと詰まっていた。蜜ろうの蓋をナイフで引っかき、小指を突っ込んで舐めてみた。道子も同じようにして舐めた。

「自然の恵みだな」

「自然の不思議よ。どうしてこんなに甘いのかしら」

「花にこの甘い蜜があるわけじゃないんだ。ミツバチのお腹《なか》に袋があって、そのなかでハチミツの素《もと》のようなものを作るんだ。それを巣に運んでこの六角形のなかに溜《た》めて熟成させて、やっとこの粘り気と甘みがでる」

「すごいわね、ミツバチって」

「花は蜜の香りで蜂を誘って、蜂は蜜をもらいながら、植物の受粉をしてやる。それで、蜂はこの蜜で新しい蜂を育てる」

「赤ちゃんの蜂を育てるのに、こんなに甘い必要がある？　それにこんなにたくさん。これはきっと、神様が人間のために与えてくれたのね」

そんなふうに考えたことはなかったが、得意げに道子が言うもので、私もそんな気がしてきた。

「そうなのかな」

「そうよ、だからこんなに美味しくて、きれいな色で、たくさん採れるのよ」

生意気な子どものような口調で喋る道子が生き生きとしていて、私は養蜂を始めたことに心から満足できた。蜂が好きな女性などそうそういないだろうが、道子はまるで愛犬のようにミツバチの面倒をみて、心配をしていた。「熊にやられてないかしら」「クマンバチが入ってないかしら」と言って。

十二月の雪の降った日、巣箱は越冬できるように麻布とビニールシートで包んであるというのに、「ちょっと雪が吹き込んでないか心配だから」と道子は車を運転して出かけて行った。

そのまま暗くなっても戻らなかった。山に入る途中の車のなかで、ハンドルにもたれたまま冷たくなっているのを私が見つけた。予兆もなかったのに、急に心臓が止まったらしい。救急車が来るまで体をずっと抱いていたが、道子の手は温かくならなかった。


新しい巣箱の部品は案外早く出来上がった。昼から組み立てをすることにして小屋のなかに入った。昼飯はいつも、昨夜の残りの味噌汁にうどんや餅を入れてすませる。そのつもりで、夕飯の味噌汁は多めに作っている。

道子はいつも寝る前に鍋に水と昆布を入れておき、朝はそれを沸かして鰹節《かつおぶし》も入れて出汁《だし》をとっていた。出汁の旨《うま》みで味噌が少なくても美味しいから、体にいいのだと。同じことは、私には面倒でなかなかできない。面倒なことを道子はあたりまえのようにやっていたが、女性がみんな面倒に耐えられるというわけでもあるまい。

茶色いサッシ窓に向かって食卓と椅子を置いてある。湯飲みの緑茶をすすりながらぼんやり正面を見ていると、窓の向こうの草むらをキツネが横切って行った。道子に教えなくてはと思わず振り返ったが、そこにいないのを確認しただけだった。

ある昼下がりにこうして食卓でお茶を飲みながら「キツネが通ったよ」と流しに立っ

ている道子に言うと「どこどこ？」と窓辺に駆け寄ってきた。

「あ、あの子ね。ちょっと大人っぽくなった」

知っているキツネが何匹いたのか知らないが、そんなことを言って私を笑わせた。子どもたちが巣立っていく寂しさを、動物を愛《め》でることで紛らわせていたのかもしれない。

次男が全寮制の高専に入学してからのことを思い出す。月に一度はふたりで寮まで面会に行ったものだ。片道二時間のドライブを何回したのだろう。一年生のころは帰りの車のなかで三十分は泣いていた。「痩せてたね」「元気がなかったね」と言って。

三年生にもなると次男もしっかりして、帰り際に小遣いを渡すと他人行儀に遠慮がちに受け取るようになった。道子は帰りの車のなかで「あの子、小遣い受け取るとき、すいませんって言ったの」と、そう言って泣いていた。私も子どもの成長がなんだか寂しかった。

そのときは道路沿いの海産物店でカニを買って帰った。いつもは子どもたちが帰って来たときにと我慢していたのに、ふたりだけでそれを食べた。でもやはり「子どもたちに食べさせたいね」と言っていた。どうしても、美味しいことと楽しいことは、家族一緒に体験したい性分だった。

電話が鳴って出ると、東京にいる長男のひとり娘だ。学校はどうしたのかと問えば、今日は土曜日だと言う。

「ああ、そうだった。みんな元気か？　うん、じいじは変わりない」

たまの電話でねだりたいことがあるらしい。小遣いが足りないのかと訊《き》くと、スマホが欲しいそうだ。中学生になって友達が持ち始めたからと。

「じゃあ、通帳にお金を振り込んであげるけど、買うかどうかはパパとママと話し合ってからだよ。スマホを使うときにはね、約束ごとを決めるんだって。ラジオでそう言ってた。夜は九時までとか、一日何時間とか。危険なこともあるんだよ。わかったね」

孫娘は早々に電話を切ろうとする。

「ハチミツ送るからね」

言い終わらないうちに切れていた。

この孫が生まれたときは、道子も私も毎日わけもなく張り切った。してあげたいことがあれもこれも出てきて、道子はせっせと買い物に出かけた。東京で出産をして、遠く離れているというのに、孫の布団やおもちゃ、着るものなどを我が家に揃えた。半年後に息子夫婦が孫を連れて家にやってきて、数日遊んで帰って行った。

空港で見送り、帰りの車のなかでは道子は泣かなかった。けっこう明るかったと思う。家に着いてカーテンを閉めようとしたとき、それに擦《こす》れたのか、さっきまで孫を遊ばせていたサルが太鼓を叩《たた》くおもちゃが「ポコ」と音を立てた。

それを聞いた道子は「やだー」と泣き出した。しばらく泣いて落ち着くとぽつりと呟いた。

「もう来なくていいな。帰ったあとがこんなに寂しいなんて思わなかったもの」

実際には、息子夫婦は毎年孫を見せに来てくれたが、道子は帰るたびに「もう来なくていいのに」と言っていた。

道子が亡くなった翌年に、次男のところに男の子が生まれた。ふたり目も男の子で、もうすぐ一歳になる。道子がいたらどんなに可愛《かわい》がっていたことか。そして遊びに来て帰るたびに、どんなに寂しがっていたことか。


河原のパークゴルフ場までは車でほんの十分ほどだが、初めてはる子さんが助手席に乗ると、まるで新車を運転したときのように妙に緊張した。駐車場に入れるときにはる子さんは手早く窓を開け、頭を半分出しながら後ろを見て「オーライ、オーライ」と補助してくれた。亡くなったご主人と、こうしてドライブしていたのだろう。

中内さん夫婦と四人でパークゴルフ場を回った。ルールは簡単だった。ゴルフのグリーンだけが九ホールあるようなものだ。クラブが一本だけでボールも大きめで打ちやすい。勤めていたころ接待でゴルフは齧ったことがあるので難なくできた。

しかし、世話好きの中内さんの奥さんが、クラブの握り方など私とはる子さんに教えてくれるので、何もできないふりをして、はる子さんと同級生気分を味わってみた。

「日吉さん、けっこう素質あるんじゃない？」

はる子さんがそう言ってくれるので、「まぐれだよ。はる子さんも筋がいいね」と言っておいた。上手《うま》く入るとはる子さんは飛び上がって喜んでいて、その姿を見るほうが、自分のことより嬉しかった。

一周回ってベンチで休憩しながら、自動販売機で買ったお茶を飲んだ。はる子さんは塩飴《しおあめ》とやらを持ってきていてみんなにそれをくれた。すぐ隣にいる私には飴の小袋を開けて差し出してくれ、私がそれを口に入れると素早く空いた小袋を私の手から奪い取って、ゴミ袋に突っ込んだ。亡くなったご主人にもこうしていたのだなと、またもや思った。

「あら蜂よ」

中内さんの奥さんが大きな声をあげるので、肩がぴくりと動いた。その視線の先を見ると、はる子さんの頭のそばをミツバチが飛んでいる。

「いや」とはる子さんが手で払おうとした。

「払わないで。ミツバチだから大人しいはずだ」

そう言って、脱いでいた白い帽子を被《かぶ》るように教えた。

「黒いと敵だと思って攻撃するんだ。何もしなければそのうちどっか行くから」

一匹のミツバチが、いつまでもぐるぐるとはる子さんの周りを回っていて、そんなことがあるはずないのだが、もしかすると道子がミツバチに姿を変えて、私とはる子さんのことを偵察に来ているのかもしれないと思った。私のどこかに後ろめたい気持ちがあるから、そんなことを考えてしまうのだ。

「こいつは、しつこいな」

前のベンチにいた中内さんがいきなり立ち上がり、こちらに向かって来る。手にしていたタオルを振りかぶって、ものすごい勢いで振り下ろした。ミツバチはコンクリートに叩きつけられ、身を丸めたまま動かなくなった。中内さんは腿《もも》を持ち上げ、動かないミツバチに運動靴の底を向けた。

「踏むな」

とっさに喉から声が出たときには、すでにミツバチは踏みつぶされて、内臓がコンクリートにべっとり擦りつけられ、体はばらばらに砕けていた。怒りがこみ上げ、拳《こぶし》を握りしめた。

「刺さないのになんで殺すんだ」

こちらが睨《にら》みつけていたようで、中内さんは「なんだよ」と気色ばんだ。

「あら、日吉さんの飼ってる蜂だった?」

奥さんが割って入ってくれた。

「いや、それはどうか」

「ごめんなさいね。大事な商売道具だもんね。そりゃあね」

「いや、商売ではないですけど」

なんだか嫌な雰囲気のまま奥さんに急《せ》かされ、後半の九ホールを回り始めることになった。ぎこちなく会話をしながら回り、なんとか終了した。また来週もと声をかけ合って別れ、軽トラにはる子さんを乗せて送った。

「来週も行きます？　もういいかしらね」

はる子さんは、気まずくなったのを自分のせいのように気にしてくれているらしい。

「どうも、私にはグループ活動は向いていないようで」

「あら、私も蜂を殺されて腹が立ったのよ。だって蜂は果物や野菜の受粉をしてくれるんですから、蜂がいないと私たちの食べ物だってできないのに、あんなに簡単に殺すなんて」

「いや、そんな大げさなもんじゃないんだけど」

今更、死んだ妻の生まれ変わりに見えたとは言えまい。話題を逸らさなくてはと、赤信号でブレーキを踏んだタイミングを見て、ドアポケットに入れてあったビニール袋を持ち上げた。

「これ、コゴミとワラビ。今朝採ったばかりだから」

「あら、すいません」

洗うと傷みが早いので針葉樹の落ち葉をつけたままビニール袋に入れた、三十本くらいの山菜だ。

「うちのやつは、あく抜きしてからひとにあげてたけど、私はそういうのは」

「そりゃあ、そうよ。自分でやるからだいじょうぶ」

また、うちのやつなどと言ってしまって、喉がぐっと締まった。

「日吉さんの奥さん、幸せだったわね」

「そうかな。カラオケもパークゴルフも一緒にやらなかったよ」

「そんなことより、山に別荘があって、夫婦で山歩きするほうが楽しいわよ」

「そうかな」

ウドが採れそうだけど、こんど山に行ってみないかと会話のついでのように誘うことができた。はる子さんも「そうなの？　ウドは大好き」と嬉しそうに返事をしてくれた。

「じゃあ、迎えに行くよ。いつがいい？」

「そうね。お隣に見られると面倒くさいから、お留守のときがいいわね」

「じゃあ、中内さんがパークゴルフに行っている隙に」

「水曜日の」

「午前中」

同時に同じ台詞を口にして、はる子さんは、私の肩を叩くような仕草をして笑った。女学生のように可愛らしかった。

「ちょっと暑いかしら。虫がね、袖口とか襟周りから入るから」

道子もそうしていたように、はる子さんは長袖シャツに長い手袋をして、タートルネックを下に着て完全防備だ。

「そのほうがいいよ。うちのやつもそうしていた」

私も長靴に軍手で、首にタオルを巻き、腰には熊除《よ》けの鈴を下げて「チリンチリン」と鳴らしている。

なんども歩いて道ができている山のなかに入り、ウドの芽を探した。ワラビやコゴミはもう採ったので、出ていても無視して今日はウドだけにするつもりだ。

「そんなにたくさんじゃなくていいの。でも、ウドの天ぷらは美味しいものね」

「ああ、大きめに切って揚げると、ほくほくしているね」

歩きながらの会話は気兼ねがいらず、いつまでもやり取りしていられそうだ。二十分ほど歩くとはる子さんがウドを見つけたが、枝分かれするほど伸びてしまっている。

「これだけ伸びると、硬いわよね」

「うん。芽が十センチくらい出ているのを掘るとやわらかいね」

そのすぐそばに芽が出ていて、周りの土にシャベルをさし、赤みがかったウドを掘り起こした。

「こっちにもあるわ」

つぎつぎにウドの芽が見つかり、夢中で掘っているうちに二十本ほどになった。これだけあれば十分だとはる子さんが言うので、いったん小屋まで戻ることにした。はる子さんが前、私は後ろを歩いている。

「天ぷらと、あとは酢味噌和えかしら」

「うちのやつは、酢の物が好きだったから甘酢に漬けてた」

「あとは、キンピラもできるわ」

「ゴマ油でね」

話しながら、つい無意識にうちのやつと言ってしまい、そのつど家族でやるゲームで失敗したときのような気持ちになる。はる子さんは顔色を変えないが、すぐにうちのやつを引き合いに出されて、気をわるくしているかもしれない。

小屋の土間に入り、一緒に重装備を解いた。長い手袋を外すと、いつものはる子さんの真っ白な手が現れる。袖をまくって肘まで出すと、すっとしたという顔で私を見た。

「ひとりで食べても美味くないから、これ食べていかない？」

「え、いいの？」

「天ぷら鍋はあるし、油も、あ、片栗粉《かたくりこ》もあるし」

「じゃあ、私、作る」

久しぶりに、流しに道子が立っている。食卓の椅子に腰かけながら振り返って見ると、そう錯覚するくらい、はる子さんは馴染《なじ》んでいた。ここには道子の写真も位牌《いはい》も置いていないから、よけいに道子が戻ったように感じる。

私は食卓の上を片づけて皿や箸を並べ、ポットと急須を脇に置き、お茶の用意をした。流しを振り返りはる子さんの白い手が見えると、そのたびに衝動的に触れたくなった。そして道子の視線を感じるような気がした。

「あなたの手が温かかったから、結婚しようと思ったのよ」

見合いの日からほんの数回会っただけで結婚をし、何年も経ってから道子はそう言った。

初めて会ったときに、道子は「こんにちは」と右手を差し出し、私は戸惑いながらそれを握ると冷たさに驚いた。指先は氷のようなのに、顔を見ると蒸《む》し饅頭《まんじゅう》のようにふっくらしていて、それがなんとも言えず愛らしかった。

若いころは出張が多くて家に居られなかった罪滅ぼしもあって、中年になってからはいつも道子の手を握りながら寝た。愛情表現というのではなく、ただ道子は冷え性で、なかなか眠れないからだ。私は普段の体温が高いらしく、手だけは温かかった。

「あなたが死んでも手だけは置いて行ってね」

照れ隠しなのだろうが、道子はそんなことを言っていたものだ。

「熱いっ」

油がはねたようで、はる子さんが手の甲を押さえている。

「やけど?」

「うん。でも、だいじょうぶ」

「いや、あとから赤くなるから、流水で冷やして。井戸水だから冷たいんだ。うちのやつも、よくそうしていた」

思わず両手をのばして、はる子さんの手を取ろうとしたが、すぐにためらって引っ込めた。この手は道子の手ではないのだ。

はる子さんは自分で蛇口を捻《ひね》ると、流水の下に手を入れ、しばらく冷やしていた。天ぷらは私が代わりに菜箸で網に取り、ペーパーを敷いた皿に並べた。

流水にあたるはる子さんの手を見ると、やはり道子よりも指が長く、爪も細長い。小指も道子のようにちんちくりんではない。結婚指輪も違う。

あたりまえのことだが、はる子さんは亡くなったご主人と生きてきたひとで、道子ではない。なんだか、道子に似ていると感じるほどに、似ていないところが目立って見える。

冷たい井戸水のおかげか、手の甲のやけどはほんのすこし赤くなっただけで、痛みもないと言う。食卓の前の椅子に並んで座り、揚げたてのウドの天ぷらを食べた。と言っても片栗粉をつけただけの精進揚げだが、はる子さんは塩を皿に盛りそれを先につけながら、私は醤油《しょうゆ》をわずかに回しかけてしまってから食べた。

「美味しい」

「うん、美味い。うちのやつが死んでから、初めてだな」

またもやうちのやつと言ってしまい、ついに降参とばかりに「だめだな私は」と謝った。

「親離れできない子どもみたいに、うちのやつうちのやつって」

「あら、私も同じなのよ。日吉さんといると、うちのお父さんのことを思い出すの」

「そうなの？」

「そうなの」

はる子さんは、首をのばして窓の向こうの草むらを覗《のぞ》いている。何か通ったのだろうか。

「こうして外を眺めているだけで、楽しいわね」

「うん」

「ひとりで眺めてもつまらないけど、ふたりでいるから楽しいのね」

「そうだね」

キツネが通っても、告げるひとがいなければよけいに寂しくなる。はる子さんがいれば、確かに外を眺めているだけで楽しい。

軒下に出来上がった巣箱が置いてあるのを見つけて、はる子さんが「あれは？」と尋ねる。あれはハチミツを採るための箱だと、そして今年これで蕎麦のハチミツを採ることになったのだと、いきさつを話して聞かせた。

「へえ、ほかのハチミツに混ざるとクセがあって嫌がられるけど、それだけだと体によくて貴重だなんて、なんだか蕎麦のハチミツってうちのお父さんみたい」

手で口を押さえてはる子さんは、堪《こら》えきれないというように笑った。私も蕎麦のハチミツを自分のことのように感じていた。

「うちのお父さん、虫が苦手だったの」

それからはる子さんは、満ちた清水が溢《あふ》れるように、亡くなったご主人の思い出話をした。私は緑茶を何杯もおかわりして、はる子さんの湯飲みにも注《つ》ぎ足しながらそれを聞いていた。私と似ているところもあるが、やはり似ていないところばかりだった。

「あー、楽しかったなー」

送って行った軽トラのなかで、はる子さんはしみじみと言った。陽が沈みかけて、西のほうの山は夕焼けをまとい始めている。

「私も久しぶりに楽しかった」

「うちの前まで行くと、お隣さんが見ているかもしれないから、ここでいいわ」

すこし手前の路肩に軽トラを停めて、私も降りてはる子さんを見送った。昼間は心地よかった空気が、今は冷たく頬にあたる。

「また来てって言いたいけど」

「だめよね。こんなに楽しいこと、なんども」

車の陰に向かい合って立ち、恋人同士の逢瀬《おうせ》のようだが、考えていることはお互いに同じようだ。

「楽しいと、なんだかうちのやつにわるいなって思うんだ」

「私もそう」

こちらを向かずにはる子さんは足元を見つめている。オオバコの葉が土埃《つちぼこり》を被っていた。

「楽しければ楽しいほど、うちのやつのことを思い出す」

「本当にそうね」

はる子さんの下まぶたが赤らみ、瞳がみるみる潤んできた。それを見ると私も鼻の奥がツンと痛み、目の前が霞《かす》んだ。

「今日はありがとう、日吉さん」

そう言ってはる子さんは、右手を差し出した。その手に触れたいとなんどもなんども思っていた。握りしめて温もりを感じたいと。

本当は道子の手に触れたかっただけだ。

私は右手を差し出して、はる子さんの手の横で握ったふりをした。

「握手は、おあずけにしとくよ」

はる子さんは「ふふ」と笑って、私と同じように自分の右手で握ったふりをして、握手のように上下させた。そのあと、両手で目の下を拭いながら私の顔を見上げて微笑んだ。

「はる子さん」

「はい？」

「私が死にそうになったら、そのときには、手をしっかり握ってくれる？」

はる子さんはまた瞳に涙を溜め、「うん」と小さく頷いた。

「じゃあ、もしも私のほうが先だったら、私の手をぎゅっと握ってね」

「わかったよ」

会釈してはる子さんは背を向けた。

芝ザクラの咲き始めた庭のほうに向かって背中が小さくなっていく。

シャツの袖で顔を拭うと、ハチミツの匂いがした。
夕暮れの冷たい空気は風になり、私の空っぽの両手を撫《な》でては、後ろに過ぎて行った。

もち　平成二十三年

　磨《す》りガラスに映る雪の反射が白くまばゆい。東京ならば屋根の雪も滑り落ちる陽《ひ》の高さだが、ここの戸外はどこもかしこも一日中凍ったままで、軒下に氷柱《つらら》も下がらない季節だ。

　灯油ストーブは母が生前、音が静かで炎の色が見えるものにしたと得意げに話していた。北国仕様の高性能のおかげで、座敷と居間を開け放っていても心地よい室温になっている。そのストーブの前には高齢の伯母たち三人が陣取り、さっきから頻《しき》りと洟《はな》をすする音がしてくる。

　住職は鈴《りん》を響かせ木魚を叩《たた》き数珠を鳴らして、職業とはいえひとりで演奏会なみの動きを続ける。まるで楽器を扱うかのように座布団脇の焼香炉に左手をのばすと、斜め後ろの父の前に滑らせた。黒塗りの小箱から紐《ひも》状の煙が立っている。

　父も両親と妻を見送ったとなれば焼香にも慣れたもので、曽祖父の代から伝わっているという黒曜石《こくようせき》の数珠に指先を通して手を合わせる。ゆっくりと黙禱《もくとう》した父は、目を開けた一瞬だけ、苦しそうに顔をゆがめた。

　香炉は父の右隣の兄貴、そして僕の順に回ってきた。つぎは父の向こう側にいる伯父だろうかと父の肩越しに覗《のぞ》き込むと、伯父が僕の背後を指さす。僕は頷《うなず》いて後ろの義姉《あね》に回した。義姉は娘の美鈴《みすず》にやり方を教えながらふたりで手を合わせ、その後香炉は親戚たちが勝手に回してくれた。

もうすぐ佐和子《さわこ》と結婚したら、焼香の順番は義姉のつぎなのだろうか。ちらりとよぎった。そしてまた、昨日ここへ来る前に佐和子とちょっとした口論になったのを思い出して胸がちくりとした。

「悟志《さとし》さん、私は悟志さんのお母さんじゃないのよ」

何気なく佐和子が呟《つぶや》いた言葉に、僕は自分のどんな言動に対して言ったのかを知りたくて「なにが？」と訊《き》いた。佐和子は肩をぴくりとさせ「そんなに怒らないでよ」と怯《おび》え顔《がお》になり、僕はわけがわからないまま「あ、ごめんね」と取り繕った。それだけの会話だ。口論というほどでもない。

でも思いもよらない佐和子の言葉だったので、どういう意味なのかをずっと考えている。佐和子を母のように扱ったことがあるだろうか。

住職がいったん立ち上がり、こちらを向いて座り直す。同時に座敷の男性陣がいっせいに正座を解いて胡坐《あぐら》になった。女性たちも足を横にくずしている。

「では、すこしだけお話させていただきますが」

痩せた左肩からずり落ちそうになる紫の袈裟《けさ》を整えながら話し始めた。昔から法事のたびに自分で車を運転して出向いてくれるのだが、すでに八十近くになっているだろう。

「まあ、仏教の教えではですね、亡くなった方は七日おきに十王様の御裁きを受けましてね、七回目、つまりは四十九日目にいよいよ行く道が決まるということになっとりまして、それをこちら側からも、いいところへ行けるように応援するという意味合いで法要を行うというわけでありまして」

母の魂は死後の世界への入口にいるのだろうか。悪行などしていないはずだから、裁きを受ける必要もないだろうに。それとも僕の知らないところではあったのか。兄貴と結婚したころの義姉にヤキモチを焼いていたのを、閻魔《えんま》大王に叱られているかもしれない。

納骨に向かうため、父が仏壇の前に置いてあった骨箱を持ち上げた。白地に銀模様をあしらった布袋を被《かぶ》せた木の箱は、父が両手で腹の前に抱えるとメロンの箱くらい軽そうに見える。

墓地までは車を相乗りして行く予定になっている。

「今渡したほうがいいわよ。お墓じゃあ渡せないから」

兄貴と伯母たちが、廊下で額を集めてなにやら協議中だ。

「えっと、御布施と、開眼《かいげん》式御礼と、御車代でいいんだよね」

住職へ渡すお金の話らしい。兄貴のぎこちなさが不安で僕もその輪に加わった。

「お袋は、おぼんに載せて渡してたぞ」

「お弁当もひとつ差し上げないと。なにかに包んでね」

「え、そうなの？　なんか、渡すもの、たくさんあるな」

仏壇の引き出しから僕が探してきた切手盆に載せた布施袋と、小風呂敷に包んだ弁当を、座敷で身支度をしている住職の前におずおずと膝をついた兄貴が差し出す。これまで母がしていた役目だ。兄貴の緊張ぶりからは拍子抜けするほど、住職は慣れた手つきでそれを受け取り布袋に納めた。これから墓にも来てもらい納骨のための経を読んでもらう。

ダウンジャケットの袖に手を通したときに、喪服の内ポケットで電話がふるえた。見ると佐和子からだ。廊下から階段を数段上がり、踊り場に立ってそれに出た。

「佐和子？」

「悟志さん、今忙しかった？」

東京は暖かい陽気なのか、やけにのんびりした佐和子の声だ。

「いや、家での法要が終わったとこで、これから納骨に行くんだ」

「そう。これからお墓なんだ」

「どうした？　仕事中だろ」

佐和子は通販会社で電話オペレーターをしている。武蔵野《むさしの》市の実家で暮らしていて、週末のたびに笹塚《ささづか》の僕のアパートに来る。

「今日ね、ちょっと気分がわるくて休んじゃったの」

「え、どうした。風邪？」

「ううん。あのね、悟志さん」

「うん」

「私、赤ちゃんができたみたい」

親戚たちが廊下を通り過ぎるのが、階段の手すりの隙間から見えた。風音をたて玄関扉が開くと、足元から冷気が迫ってきた。

「まだお医者には行ってないんだけど、検査薬では陽性だった」

「そうか……」

「まだ、はっきりしたわけじゃないわよ」

「うん……」

「でも私、そんな予感がしてたの」

「ああ……」

「忙しいときに電話しちゃった？」

佐和子が不安げな声をだす。

「いや、あ、ごめん。ちょっと、墓に出かけるみたいだから、またあとで」

電話を切ったが、まだ佐和子の話の意味が脳に伝わっていない。

「おい悟志、なにやってんだよ」

兄貴の声ではっと我に返り、自分のいる場所に気がついた。携帯電話をつかんだ右手を喪服のポケットに突っ込んだまま、階段に座り込んでいる。

「あ、ああ」

「お前の車に親父《おやじ》と菊江《きくえ》伯母さんと花江《はなえ》伯母さん乗っけてってくれ」

赤ちゃんができたと佐和子が話していたのは、僕の子どもができたという意味だろうか。

「おい、悟志。聞こえてるのか？」

「あ、ああ、ごめん」

革靴をつっかけてドアを開けると、玄関の前で骨箱を抱えた父とふたりの伯母が、肩をすくめて待っていた。

「ごめん、ごめん」

車は空港で借りた軽のレンタカーだが、四人で乗りこみ墓地へ向かった。

「車、暖めておけばよかったな」

父の吐く息が、車内だというのに白い。

「そうだね。わるかった」

つい謝ってしまったのだが、誰に対して詫《わ》びているのか自分でも曖昧になっている。伯母たちは「いいのよ」と僕を気遣ってくれているらしい。

「十分くらいで着くんだから」

「そうよ。そのくらい我慢できるわよ」

冷気を鼻孔から吸い込んでいるうちに、ぼうっとしていた頭のなかが引き締まってきた。

「帰るころには暖まってるわよ、きっと」

「そうね。帰るまでエンジンかけといてね」

母は兄ひとり姉三人という五人兄妹《きょうだい》の末っ子だ。昔からお喋《しゃべ》りがはじまると止まらなくなる姉妹だったが、このまん中のふたりは連れ合いが亡くなってから勢いが増している。

「でも、和夫《かずお》さん。こうなってみるとお墓、買っておいてよかったね」

「そうそう。みっちゃんだけのお墓だもんね」

先祖代々の墓とは別の新しく売り出された墓地に、両親で話し合って墓を買ってあったそうだ。昨日、父と兄貴と僕の三人で雪かきに行くと、すでに墓石屋がきれいにしてくれていた。両脇の墓より小ぶりでシンプルな造りだった。

「墓に入るのはこっちが先だとばかり思ってましたけどね」

言い慣れた台詞《せりふ》のように父は言う。

「いずれは、ふたりっきりになれるわよ」

「そうね。お墓はふたりっきりがいいわ。みっちゃんはお姑《しゅうとめ》さんと、いろいろあったもん」

父が、またその話かとうんざりぎみに短く愛想笑いをした。

墓の前で立ったまま住職に経を唱えてもらい、ここでも父から順に焼香した。その後、墓石屋が蓋になっている石をどかし、現れた四角い穴から父が、アルミのスコップ状のものに載せた骨を撒《ま》いた。なんとなく雑な気がするが、墓石屋からいくつかやり方を教わって、「土に還《かえ》す」意味でこうしようと昨日話し合った。

閉じる前に兄貴と穴を覗き込むと、実際には土ではなく砂利が敷かれた上に骨がある。褐色で所どころ薄桃色に染まっている骨には母の面影など見つけられなかったが、これで母の体のすべてが家からなくなるのだなと、ぼんやり思った。

住職が帰ってからも僕らは墓に残り、供え物の片づけをした。今朝、兄貴と来て供えた菊の花とミカンと、母の好きだった店のマドレーヌだ。すでにみんな冷凍になりかかっている。

「立派なお墓だね、みっちゃん」

菊江伯母さんが毛糸の手袋をはめた手で墓石を撫《な》でながら言う。

「みっちゃん、いいとこ行くんだよ」

花江伯母さんも革手袋をした手で墓石を励ますように叩いている。

「戒名もいいよね、みっちゃん」

「そうだね。可愛《かわい》い戒名だ」

墓石の裏面に彫ってある戒名は、住職がつけてくれた。名前の道子《みちこ》からとった「道」と、そのほかには「花」と「甘」という字が入っていた。養蜂をしていたから「花」。「甘」は、ハチミツの甘さの意味だろうが、僕は戒名らしくないような気がした。子どもに甘い母親だったという皮肉が込められているみたいだ。

墓地からまた全員で家に戻ると、居間と座敷に座卓を三つ並べ、仕出し屋が配達してくれていた弁当と酒で、十五人ばかりの会食にした。

食べ始める前に父が立ち上がり簡単にあいさつした。何を思ったのか父は、今回、佐和子が来なかった理由を「葬式にも、正月にも来てくれて、まだ結婚前だというのに、そうそうなんども来てもらうのはご両親にも申し訳ないので、こちらからお断りしたしだいで、いずれ家族になりますので、今後もよろしくお願いします」とわざわざ親戚たちに報告した。僕もいちおう頭は下げたが、なんだか親離れできていないようで気恥ずかしい。それに、いずれ家族になりますなどと明言してしまって、もしも結婚しなかったらどうするつもりだろう。

左隣に並んで座っている伯母たちのお喋りは、止《や》んだかと思うとまたすぐはじまる。

「あの、みっちゃんの写真、悟志が選んだんだよね」

僕は適当に相槌《あいづち》をうっておいた。

「いい写真だ」

「そうね。笑ってるのがいいわ。格好よりも表情で選ぶのよって、私が教えたからね。着ているものは写真屋さんが修整してくれるから。うちのお父さんのは、旅館の浴衣だったのを背広に直してもらったのよ」

「あら、あの写真、浴衣だったの？」

「そう。慰安旅行の写真。笑顔が自然だったの」

「あら、わかんなかった。上手に修整するわね。顔も修整できるんじゃない？　しわ取ったり」

「そりゃあ、できるけど、取らないほうが自然よ」

斜め前で手酌酒をしている、薄い白髪のじいさんとふいに目が合った。

「悟志は若いから知らないだろうがな」

脅すような声で話しかけられ思わず「はい」と応えていた。元教師だという酒が好きな父の叔父だ。親族の冠婚葬祭では酔った勢いで自慢げに慣習指導をするので疎まれている。

「喪に服す期間には祝いごとは控えたほうがいいな。一年は喪に服さないと。結婚式は来年になってからだな」

六月に予約してあったホテルでの結婚式は、すでにキャンセルしてある。

「ちょっと叔父さん、なにも、そんな言い方しなくたって」

「いや、喪中というのは、慎んでだな」

赤ら顔のじいさんは伯母たちを睨《にら》みつけるが、決して怯《ひる》まないのが伯母たちだ。

「いいわよ。みっちゃんだって悟志の結婚は早いほうがいいって思ってるわよ」

「最近は喪中なんて、そんなに気にしないんじゃない？　式場が空いてれば今年中でいいわよ」

「そうよ。早くお式して、早く赤ちゃんを作ったほうが、みっちゃんだって喜ぶわよ」

「早く赤ちゃんをなんて、言っちゃいけないのよ。今は女の人だって仕事があって、出産時期は自分で計画するんだから」

「そういう意味じゃないわよ。おめでたごとを先延ばしにする必要はないって言いたいの」

伯母たちの勢いに、斜め前のじいさんはまた手酌で日本酒を飲み始めた。

「だけど悟志も四十前に結婚できてよかったわね。しかも若いお嫁さんで。十歳も若いんでしょ？」

突然伯母たちに視線を向けられ、僕は返事につまり苦笑いするしかなかった。

「悟志はほら、マザコンっていうの？　みっちゃんにべったりだったから、お嫁さんもみっちゃんに似てるね」

「ああ、そうそう。私も思った。お葬式で会ったとき、みっちゃんに似てるなって」

愛想笑いをしたが、思わず僕も手酌酒を飲み干してしまった。言い返したほうがよかったか。確かに母は子どもに甘かったかもしれないが、僕は十五歳で寮に入ってから母とは離れ離れで、寂しくても早く自立するしかなかった。マザコンなどとっくに卒業してしまい、佐和子に母を求める必要などない。その自覚はある。

ふと気づくと伯母たちの会話はまだ続いている。

「そう言えば、夕べ、みっちゃんが夢にでてきてね」

「あら、みっちゃんが？」

「それがね、夢のなかでみっちゃん、小学生だったの。あのころと同じおかっぱ頭で、私たちのお下がりの赤い毛糸のカーディガンあったじゃない？　あれ着ててね、これからお母さんに会いに行くんだって、嬉《うれ》しそうだった」

「あらまあ。じゃあお母さんに会えたのかね」

「そうだね。迎えに来てくれたんだと思うよ」

今はあまり聞きたくない話なので、静かにその場を離れた。菊江伯母さんは昔から霊感が強いとかで、誰それが亡くなる予感がしたとか、亡くなったひとが夢にでてきたとかの話を聞かされたものだ。

母が亡くなってから生じた疑問なのだが、女性は目に見えない魂だとかの存在を感じやすいのだろうか。菊江伯母さんだけではなく、長女の松子《まつこ》伯母さんも母のことで嫌な予感がしたと話していた。さっきの佐和子の電話でも、妊娠したことを調べる前に予感がしたと言っていたように思う。

もしも女性のほうがそういう第六感的なものが強いとすると、それは命を産む性だからだろうか。それとも僕がただ鈍感なだけなのか。住職の法話を聞いても魂の存在など信じられない。

母の心臓が止まったとき、僕は出張先の福岡から帰る飛行機に乗っていたのだが、実の母が死ぬというのに虫の知らせも感知できなかった。

台所では義姉がエプロンをして流しに立っていた。美鈴も近くをうろちょろしている。今日は仕出し屋からの弁当を軽いものにして、汁物代わりに雑煮を作ることになっている。兄貴は「みんな正月に食べ飽きているだろう」と反対したのだが、義姉が母仕込みの雑煮を作りたいと言い張った。

台所の窓際にある四人掛けの食卓の椅子をひとつ引き、腰かけた。

「美鈴はお母さんの手伝いして、偉いな。もう三年生だもんな」

義姉と揃《そろ》いで着けている小さいエプロンはペンギンの柄で、母が生前買っておいたものだそうだ。美鈴は伯母たちに見せて可愛いと褒められていた。

「この人参《にんじん》、ムロから取ってきたんだよ」

「ああ、ムロ。よく怖くなかったな。真っ暗だろ」

「ばあばがムロにいるとき、上から悟志おじさんが落ちてきたって言ってたよ」

「そうだ。おじさん、ちっちゃいころな。二回落ちたぞ。落とし穴だよムロは」

冬のあいだ使うための人参、玉ねぎ、芋などを麻袋に入れ、床下に子どもの背丈ほど掘ったムロに保存しておく。野菜は戸外に置くと凍ってしまうが、床下ならば冷蔵庫くらいの温度に保たれ大量に保存できる。ちょうど台所から洗面所に行く床に四角い入口があり、体が小さいころ蓋が開いているのに気づかずに野菜の上に落ちた。

「ばあば、面白かったたって」

「笑いごとじゃないんだぞ」

「おじさん、泣いた？」

「そりゃあ泣くさ。ケガはしなくてもびっくりしてさ」

美鈴はのけ反《ぞ》ってケラケラ笑った。そんなに可笑《おか》しい話なのか。

「どうかしらね。鶏肉《とりにく》で出汁《だし》をとったんだけど、いい匂い？」

義姉が振り向いて、食卓の椅子に座る僕に尋ねる。

「うん。すごくいい匂いだ。お袋のと同じ」

「そう。よかった」

雑煮は母の大好物だった。

「お餅はなんこー？」

正月の三が日は、母のこの台詞をなんど聞いたか知れない。おせち料理よりも毎食お雑煮を食べた。いちおう家族にも「お餅はなんこー？」と訊くのだが、誰もつき合いはしない。義姉ぐらいだろうか、一緒に食べていたのは。最初は母への気遣いで食べていたのが、そのうち母と同じくらい餅好きになったようだ。

「もうお雑煮出してもいいかしら。美鈴、みなさんに訊いてきて」

「えー、なんて言うの？」

「お雑煮ができましたが、召し上がるかた、いらっしゃいますかって」

「メシアガルカタ？」

義姉の祐子《ゆうこ》さんは兄貴よりも三つばかり年上で保健師をしている。大事な相談をしやすい雰囲気を持ったひとだ。それにきっと口が堅い。美鈴が居間に行ったのを見て、頭のなかで膨らんで収拾がつかなくなったことを、思いきって言ってみた。

「義姉《ねえ》さん。子どもができたかもしれないんだ」

振り返った義姉の顔が、色づくようにほころんだ。

「おめでとう。よかったね」

そう義姉が言うのだからやはりおめでたいことなのだ。それは受け止められるが、ありがとうとは言えそうにない。

「いや、まだ、決めてないいんだけどさ。産むかどうか」

「え、産むかどうかって？」

「あの、喪中だしさ。まだ早いかなって」

みるみる義姉の顔が曇って、目が鋭くなった。

「悟志くん。それ絶対に佐和子さんに言っちゃだめよ」

「え」

さっき佐和子からの電話を、ぞんざいに切ってしまったのを思い返すと、すでに僕は失敗したかもしれない。

ガスレンジの火を止めて、義姉は体をこちらに向けて睨んでいる。

「佐和子さん、産むに決まってるじゃないの。婚約までしてるんだから」

「そうなんだけどさ」

自分でもどうしてこんなに戸惑っているのか、不思議なほどだ。

「喪中だとか言い訳をして、結婚を迷うようなこと、あった？　浮気でもした？」

「そんなわけないよ」

「じゃあ、なに？」

調理台に手をのばし、義姉はまな板と包丁をシンクのなかに移した。

「佐和子には、なんの注文もないんだけど」

「悟志くんに、後ろめたいことがある？」

「いや、後ろめたいこともないよ」

俯《うつむ》くと、喪服のズボンにダウンジャケットから出たのか白い羽毛が付いていて、指でつまんで取った。保健師の義姉は新生児の担当だそうだが、新米夫婦の人生相談も受けてきたのだろうか。でも仕事ではこんなに怖い顔はしないだろうに。

「伯母さんたちにはマザコンとか言われるけど、けっこう自立してるつもりだからさ。家事だってほとんど自分でやるし、佐和子に甘える必要はないと思うんだ」

何が言いたいのかあやふやになってきて、だんだん小声になっているのが自分でもわかる。本当は後ろめたいのかもしれない。

義姉は切り餅が入ったビニール袋の口を指でちぎり、餅を四個オーブントースターの網に並べ、タイマーを回した。そしてペンギン柄のエプロンのポケットに手を入れ、僕の顔をまじまじと見つめる。僕は指につまんだ羽毛を捻《ひね》りまわしていた。

「義姉さんは、兄貴に母親扱いされてるって思うときある？」

「佐和子さんに言われたの？」

「え、いや、まあね」

「あなたのお母さんじゃないのよって？」

「う、うん」

なぜわかるのか。すべてお見通しという感じだ。

「仕事柄ね、色んな夫婦を見てきたけど、だいたいの夫は、あなたのお母さんじゃないのよって、一回は言われてるはず」

「そうなの？　兄貴にも言った？」

つい声が大きくなってしまい、背後を見回した。

「そうね。十回以上は言ってる」

「たとえば？」

「ちょっとしたことよ。もう本当に、笑っちゃうくらいささいな。風邪薬どこってなんども訊かれたり。このスーツ、クリーニングに出してあるのって訊かれたり。洗濯物たまってるけどって言われたときにも、あなたのママじゃないって言った」

「え、そんなこと？」

なんと情けない兄貴なのだろう。家事は女の仕事だと思い込んでいるのだろうか。

「あとは、啓太《けいた》さんの親戚から貰《もら》い物《もの》をして、お礼の電話しておいてって言われたときも」

あ、と口を開けたまま義姉と目を見合わせた。

「それ？　それ、佐和子さんに言っちゃった？」

鹿児島に転勤した友人からさつま揚げが送られてきたので、お礼状を書いておいてと言った。佐和子が美味《おい》しそうと喜んでいたからつい口にしたのだが、僕の友人から僕宛てに送られてきた品だった。

「男のひとに悪気はなくても、女はカチンとくるものよ」

佐和子はそんなことで「お母さんじゃないのよ」と言っただけなのか。いや、本人にとっては重大事なのかもしれないが、僕はもっと別の意味かと思っていた。

「そのくらいなら、すぐに直せるんだけどな……」

義姉は「無理でしょうね」とでも言いたげに鼻で笑った。

「いや、そういうわかりやすいことなら、頑張れば直せると思うんだけど」

「なに？　本当はほかのことが気になる？」

「うん。引っかかるんだ。結婚してだいじょうぶかなって。あなたのお母さんじゃないって言われて、すごくショックだったような……」

餅を焼くオーブントースターの赤い光に目を配りながら、義姉はすこし考えている様子だった。

「悟志くん、佐和子さんに母性を求めているって、認めるのが怖いんじゃないの？　マザコンは恥ずかしいことじゃないわよ。男のひとは多かれ少なかれ、みんなマザコンよ。特に悟志くんはお母さん亡くなったばかりなんだから。あたりまえよ」

迷いつつ「そうかな」と生返事をした。

「母親っていうのは、味方がひとりもいなくなったときでも味方になってくれる存在でしょ？　最後の砦《とりで》っていうか。それが無くなるって、誰だって怖いもんじゃない？　私は悟志くんには佐和子さんがいてくれてよかったって思った。佐和子さんに守ってもらっても、恥ずかしくはないんだよ。どんなに年下だって、母性はあるんだから」

「でも、マザコンだって認めるとしてもだよ、佐和子に母親の代わりになってもらおうなんて、やっぱり考えちゃだめだと思う。そんな甘ったれじゃあ、夫として失格だろ。父親としてはもっと失格だ」

食卓の椅子に座り直した僕を、義姉は流し台に腰をもたせかけて見ている。

「たいていの夫は自分が奥さんに甘えてるなんて気がつかないか、認めないか。失ってからわかるものよ。悟志くんはお母さんが亡くなったから、気づいてしまったのね」

「気づいて？」

「夫婦って最初は他人だからいろいろあるけど、長年一緒にいたらお互いに母を求めたり、父を求めたり、甘え合っているものよ」

「うん……」

チーンと音がして義姉がオーブントースターの扉を開けると、餅の焼けた香ばしい匂いが漂う。美鈴が居間から飛び跳ねるように駆けてきた。

「ママ、お雑煮、メシアガルカタ六人いた。みんなお餅、一個でいいって。お弁当もあるからって」

「そう。じゃあ美鈴、手伝って。ミツバを載せるの」

礼のつもりで義姉の目を見て頷き、そこを離れて階段を上がった。

義姉はラジオ人生相談の回答者のような口ぶりだった。聞きながら納得したのに、聞き終わるとまた頭のなかに悩みのような、迷いのようなモヤモヤがよみがえる。

二階の母の衣類置き場になっていた部屋に行き、カウチに腰かけた。床の隅に階下の暖かい空気が通る通気口があり、窓からの日当たりもよく、唯一ストーブのいらない部屋だ。僕らが家を出るまでここは兄弟の部屋で、二段ベッドで寝ていた。その前のもっと幼いころは一階の座敷で、両親と布団を並べていた。

母とは小学三年くらいまで同じ布団で寝るときがあった。母の二の腕をさわりながら寝るのが好きだった。父はそのころ月の半分ぐらいは出張していて、父がいないあいだ冷え性の母は僕を布団のなかに呼んで、抱きついては手足を温めていた。兄貴に親子でべたべたして気持ちがわるいと言われてからは、僕が逃げ回ってそれもしなくなった。

雑煮の出汁の匂いが二階まで届いている。大鍋に作っていたが、食べきれるのだろうか。明日の朝も雑煮だとして、それでも残れば僕らが帰ってから父の食事になるのだろう。

義姉の言う通り、母は絶対的に僕の味方だった。学校でけんかをして、誰からもわかってもらえなくて帰ったとき、母だけは「悟志はわるくない」と言ってくれた。僕は味方がいたことでほっとして、冷静になって考えてみれば、自分もわるかったのかもしれないと反省することができた。

学生時代は過保護な母が恥ずかしかったものだが、今思えば離れて暮らしてからも、僕には母という最後の砦があるのだと、どこかで拠《よ》りどころにしていたのかもしれない。

釧路《くしろ》の高専を卒業し、上京してもう十八年になる。就職先は東京に本社があるビニール製品のメーカーで、工場機械の整備を担当している。工場は全国数カ所にあり出張が多い。女性との出会いの機会もなく母も心配していたが、佐和子は同僚の親戚で、二年前に同僚の結婚式の二次会で紹介してもらって知り合った。

初めて見たとき、顔が丸く頬がやわらかそうで、手も指も白くふっくらしていた。年がずいぶん下なのに、なんとなく懐かしい笑い方をするのが印象的で、仲の良い両親のもと、年の離れた弟と柴犬《しばいぬ》がいる平凡な家庭で育ったと話してくれた。

ずっと同じ部屋にいても違和感がないのは、家族以外で佐和子が初めてだった。一緒に年老いていく生活を、自分の両親と重ね合わせて思い描くことができた。

去年の盆に帰省した折に「結婚したい」と両親に告げ、その後、母と佐和子は電話で数回話をした。暮れには一緒に帰って両親に会ってもらう予定だったのに。

ふとベランダに目をやった拍子に、布団を干している母の残像が映る。この家ではどの部屋に行っても母の姿を思い出してしまう。台所では流しに立つ姿を。居間では窓の外を眺めている姿を。二階の納戸では捜し物をしている姿を。

そしてそのあとにいつも、佐和子の姿を重ねるように思い浮かべている。

義姉が言っていたように、母が生きていれば気づかなかったのかもしれない。やはり僕は、佐和子に母の代わりを求めてしまっているようだ。


母が亡くなった翌日、僕と佐和子は羽田から始発便で北海道に飛び、空港からレンタカーで実家に向かった。芝居のなかにいるようだった。自分も含めて舞台セットのなかで演じているような。

「悟志くん」「ああ悟志」「まあ悟志」

伯母たちが僕の顔を見るなり玄関先で泣き崩れ、僕は「どうもすみません」とおかしなことを口走った。家に上がると居間にも親戚や近所のひとが集まっていて「ああ悟志くん」「悟志か」と、なんだか逃げ出したくなるほど名前を連呼された。

「結婚する予定の佐和子です」

初めて連れて帰った佐和子を紹介すると、「みっちゃん、喜んでたわよ。やっと悟志がいいひとに出会えたって」と言って伯母たちがまた嗚咽《おえつ》し、佐和子も両手で顔を覆って泣いてしまった。僕はとにかく注目されているのが気恥ずかしくて「ありがとうございます」「すいません」ともごもご言いながら頭を下げていた。

「早く顔見てやって、悟志」

「待ってたよね、みっちゃん」

「いつも、悟志が悟志がって、可愛くってしょうがない息子だったんだもん」

僕と佐和子が伯母たちに追い立てられるように座敷に行くと、奥の布団に寝ているひとがいて、その脇に父と兄貴が座っていた。

「おお悟志」

なぜだか父は笑顔を見せたのだが、よく見ると顔にも膝の上の手にも血の気がなく、怖いほど青白かった。僕は言葉に詰まり、佐和子を指して「佐和子も一緒に来た」と紹介し、ふたりでそこに座って母の顔を見た。

「夕べ遅くに検死から帰って来た」

「苦しかったよね、母さん」

兄貴が嗚咽しながら手をあてた布団には、見覚えのある布団カバーがかかっていた。母がいつも寝ている布団の、水色のカバーにピンク色の枕カバー。寝巻きは新しい浴衣のようなものを着ていた。髪はすこし固まっているが、耳にかけてきれいに整えてあった。顔も見たはずなのだが、記憶がまったくない。母はどこにいるのだろうと、そればかり考えていた。

「眠っているようだろう? だから、苦しまなかったんだよ」

父が淡々と言うので、僕もとにかく母の体を認めなくてはと、布団のなかに手を入れてみた。二の腕の辺りに右手を置き、指に力を込めそっと握ってみると塩化ビニルの筒にでも触れているようだった。やはり母ではないと思った。

頭のそばに小さいお膳《ぜん》があり、そこに箸を立てた山盛りご飯と、白玉団子の皿が供えてあった。一本だけささった線香が短くなっているのを見て、新しい線香を一本取りロウソクで火をつけ線香立てにさした。

それらを置いてある小さいお膳の白いクロスの下に、スポーツカーのシールをぺたぺた貼った脚が覗いていた。これは子どものころ兄弟でおやつを食べていたお膳だと気づいた。父が納戸の奥から適当なのを探してきたのだろう。

それを見た瞬間、僕は五歳の夏の日に戻っていた。このお膳で母がつくったホットケーキを食べようとしている。兄貴とふざけ、カルピスで乾杯ごっこをしてコップを落としてしまった。母が来て「なにやってるの、もう」とお膳を布巾で拭いて、僕は楽しみにしていたホットケーキにカルピスが滲《し》み込んだのが悲しくて、泣きながら食べた。

そのお膳に向かって両手を合わせながら、なぜこんなことをしているんだろうと、自分に腹が立った。母に会ったときにはまず笑顔を見せ合い、「どうだった？」「お腹空《なかす》いてない？」と質問攻めにあい、それから座卓に茹《ゆ》でたトウキビやジャガイモのコロッケやらが並び、僕が決まって「こんなに食えるかよ」と言って、母が大きな声で笑うのだ。線香などあげたところで母は笑わない。箸を立てたご飯など食べないし、餅ならまだしも味のない白玉団子など好きではない。

母の遺体のそばに寄ったのはそのときだけで、あとは居間のほうで弔問客《ちようもん》の応対をしていた。母の冷たい体を見ても母とは別の誰かのようで、本物の母はきっとどこかその辺にいるはずだと、必死で思い込もうとしていた。

納棺のときも、出棺のときも、顔だけは母を見ているふりをして、視線は空を漂わせていた。

火葬場へのバスに乗りこむ直前、兄貴に「ちょっと腹が痛いから、あとで行く」と告げて別行動をとった。佐和子も心配して付いてきてくれ、レンタカーを運転して火葬場に行こうとしたが、どうしてもそれができなかった。

当てもなく国道を走らせていると、左前方にラブホテルの看板が見えた。通りから左に折れた林の奥らしい。自分のなかの何かがおさまらないまま無我夢中で、佐和子を乗せたレンタカーでその通りに入った。

「なによ、ここ」

「ちょっと休みたい」

「だってここ……」

三つ並んだ入口は車庫になっていて、のれんのような縦型のブラインドがぶら下がっていた。ブラインドを車で押し分け停《と》めると、なかなか降りようとしない佐和子の手を引くようにして、奥にあるドアから靴を脱いで上がった。

細い階段を上りながらも「よしましょうよ。こんなときに不謹慎よ」と佐和子は戸惑っていた。部屋は暖房が入って暖かかったが、服を着たまま抱き合い、佐和子は「だめよ、よしましょうよ」とずっと言っていた。

車に戻って火葬場に向かう途中、佐和子が「ちょっとわかる」と小さな声で呟いた。

「同僚がね、結婚しても子どもはつくらないって言っていたのに、去年お父さんが亡くなって、急に子どもが欲しくなったんだって。お父さんの命をつなぎたいって思ったって。お義母《かあ》さんの命もつながないとね」

そんなことではないのだが、と言いそうになって口をつぐんだ。

そんなことではなく、僕は佐和子に触れながら、幼いころ母と抱き合って寝ていたことを思い出し、母の二の腕のやわらかさのことばかり考えていた。

階下の居間から親戚たちの笑い声が聞こえてくる。

喉の奥が痛み、しゃくりあげると呻《うめ》き声《ごえ》が出た。涙が流れる。

「入っていいか？」

父の声だ。あわてて顔を拭った。

「ちょっと、道子の洋服をさ、形見分けで」

僕の顔にちらりと目をくれただけで、父はカウチの後ろのクローゼットを開け、洋服ハンガーにかかったスーツやコートを素早く取り出した。母が気に入って大事に着ていたものばかり、父は前もって選んであったと見える。それらをまとめて半分に折り、左腕にかけて持った。

「親父、話がある」

「なんだ？」

「もしかしたら、子どもができてるかもしれないから、籍だけでも入れようと思う」

「そうか」

弾んだ声でそう言った父は、見たこともないほど優しい、まるで菩薩様《ぼさつさま》でも重ねたような笑顔になった。ふっと緊張がゆるんで小学生くらいの子どもに戻った気がした。

「でもなんか、自信がないんだ。いい夫になるのも、いい父親になるのも」

「今更、なに言ってる」

父までどうしたのか、腰をわずかに屈《かが》めて子どもに語りかけるような口ぶりだ。

「甘ったれだったんだなって、今ごろ気づいてさ」

「甘ったれなのは……私だってそうだ。お母さんに甘えっぱなしで、わるかったと思う。お前たちを育てたのはお母さんだ」

父は腕にかけた、母のえんじ色のコートに目を落としながらそう言う。

「お母さんは、先に逝ったから、私はこれから自立しないとな。はは、やっとだ。この年でやっとだよ。だからお前が甘ったれなのは当然だよ」

母の洋服を胸に抱くようにして、父は「よかったな」と言ってドアを閉めた。

ぼんやりドアを眺めた。家族が開けたり閉めたりしてきた、なんの飾りもない茶色い木目のドアを。そしてすこし可笑しくなった。さっきの父が、母と同じ仕草をしていたからだ。クリーニング店から戻った学生服を、母は半分に折って腕にかけ、胸に抱えるようにして僕らの部屋に持ってきた。長年共にいると、夫婦でも似るものだろうか。

「似るのか……」と声に出していた。

そう言えば、兄貴も僕も母に似ているのだった。顔も仕草も。

携帯電話を喪服の胸ポケットから取り出し、佐和子にメールを打つことにした。ところがなかなか言葉がまとまらず、なんども書き直しているうちに投げ出したくなった。

佐和子の喜ぶことは何だろうと、前に佐和子と撮った画像を眺めてみた。たった一枚しかない、水族館に行ったときに見ず知らずの中年女性に撮ってもらったものだ。水中トンネルのなか、白い腹を見せて舞い泳ぐエイの下に寄り添って立っている。並んだ顔は丸顔と面長であまり似てはいない。

似てはいないのだが……。

不思議と生まれてくる子どもの顔がなんとなく想像できるような気がする。

トントントンと階段を上がってくる足音が聞こえてきた。

「悟志おじさん」

美鈴がドアの隙間から覗いている。

ちょうど、僕が今想像していたのがこの顔だ。

「なんだ、美鈴」

「お餅はなんこー?」

「え……」

なんだか嬉しそうな、おどけているような言い方だった。

「なんこ?」

「あの……」

言葉にならず、ただ美鈴の顔を見ていた。

「もう、悟志おじさんって考えちゅうが長すぎ。じゃあお餅、二個でいいね」

「え、あ、ああ、そうだね」

美鈴はぷいっとして出て行った。がっくり力が抜けて、カウチに寝そべるようにもたれかかった。一瞬、美鈴が母に見えたのだ。

しかし驚くまでもなく、孫なのだから似ていて当然のことだった。

途中だった佐和子へのメールにもう一度挑戦してみた。気軽に頼みごとをして甘えてしまったことと、さっき素っ気なく電話を切ってしまったことを素直に謝り、あらためてプロポーズの言葉を書き、照れくさくなりながら思いきって送信した。

途端に佐和子に会いたくなった。今すぐにでも顔を見て抱きしめたい。

メールが届いたか電話をかけて声を聞こうかと、佐和子の画像を眺めながらしばらく考えた。考えている最中に佐和子からメールの着信があった。

「悟志さん、ありがとう。メールに書いてあったこと、明日帰って来てから直接言ってね。悟志さんの声で聞きたいから」

それを読むと顔が熱くなるほど恥ずかしくなった。メールでごまかそうかと思ったのに、佐和子の前でちゃんと愛の言葉を言わなくてはならない。

「わかったよ」と返信を打ち、胸のつかえを息にしてすべて吐きだした。

立ち上がって大きく伸びをした。

さっき母の残像が見えた窓には、空しかなく果てしなく高い。

木目のドアを思いっきり開けると、人の熱気が舞い上がってくる。

「おーい、美鈴ー」

「なーに、おじさん」

「お餅は自分で焼くよ。おじさん、お餅十個食べるから」

「えー」

種が弾《はじ》けたような母そっくりの笑い声が、階段の下から聞こえていた。

ははぎつね

平成八年

　白い看板には『カバ　ジロー　カバ科カバ属』とある。でもどう見てもここにカバはいそうにない。鉄柵の向こうに雨水が溜《た》まったような丸いプールがあり、水面に大量の落ち葉が浮かんでいる。北国とはいえ初夏に近い季節に、ここだけ真冬なみの寒々しさだ。

「寝てるのかしらね」

「カバって水のなかで寝るんだっけ？」

　啓太《けいた》とお母さんが柵の前で、肩を触れさせながらプールを見つめて話しているのが聞こえる。わたしはすこし離れた場所の柵に手をかけ、ひとりぼっちで見ている。あとひとり、お父さんもどこかにいるはずなのだが、マイペースで行動する人らしく近くには見あたらない。さっき毛布を被《かぶ》ったマントヒヒに話しかけていたので、そこでハマっているのかもしれない。

　市街の外れにあるこの動物園は、敷地が広いために檻《おり》と檻のあいだがずいぶん離れていて、よけいに閑散として感じる。月曜日の午前中だからというのもあるのか、わずかしかいない動物よりも入場者のほうが更に少ない。自然のなかで伸び伸びしていそうな動物たちさえ、寂しそうな顔に見える。

婚約者の啓太の実家へは二日前に来た。ご両親に結婚のあいさつをするためだ。初対面の緊張で疲れるだろうと覚悟はしていたが、そんなことよりももっともっと予想外の精神的なダメージを受け、くたくたになっている。

どこかで甲高い動物の鳴き声がする。檻のなかからなのか周囲の森林から聞こえてくるのか、区別がつかない。

ここでの動物見物がすめばあとは空港へ向かい、飛行機に乗ってやっと東京に帰れる。午後の便なので三時過ぎに羽田として、立川《たちかわ》には夕方になるだろうか。啓太のアパートへは寄らずにまっすぐ自分の部屋に戻り、朝までぐっすり眠りたい。

今日は休暇をとったが、明日はいつも通り八時までに出勤。保健師の仕事はけっこうハードで、わたしの担当する母子保健の仕事というのは、新生児を持つ家庭への訪問で外を歩き回る。体力的には力をふりしぼって乗り切るとして、訪問先で笑顔をつくる気力が残っているだろうか。

視界の左端に素早く動くものがあって、見るとしっぽが体より大きな栗色のリスが、地面を滑るように走って白樺《しらかば》の木に駆け登った。このリスも飼育されているのか野生なのかがわからない。

啓太とお母さんはまだプールを見ている。

「小屋に入ってるんじゃない？」

「いないのかもな」

カバなんかいないに決まっているじゃないかと胸の内で毒づいて、そこを去ろうとしたときに「シュー」という音がした。プールの落ち葉がゆっくり持ち上がって、潜望鏡のような丸い穴がふたつ現れ、そこから勢いよく水しぶきが噴射された。

「きゃーっ！」

飛び上がりそうになって、思わず叫び声をあげた。カバがいた。小さなプロペラのように耳がプルプル回転している。

「アハハッ」

わたしの悲鳴を聞いて、お母さんがやけに大きな声で笑った。だけど目は啓太を向き、わたしを見てはいない。

「あ、すいません」

そう口にしてから、わたしはなにを謝っているのだろうと思った。お母さんの笑い方がわたしをバカにしたようだった。そんなに大きな声で笑われるほど、お互いの信頼関係はできていないはずだ。初対面でじろりと見られて以来、ちゃんと視線を合わせてもいない。

啓太とお母さんが背を向けて歩き始めた。この三日間、親子が寄り添った後ろ姿ばかり見ているような気がする。わたしと背格好が同じくらいのお母さんが啓太の腕をさり気なくつかんだり、耳元に口を近づけて話したりするのを眺めていると、お母さんが一瞬自分の姿に見えるというおかしな感覚に陥った。わたしは幽体離脱でもして、自分のことを遠くから見ているのではないかと。

カバの檻を去ろうとしたときに、水しぶきの音がして振り返ると、ゆっくりと潜望鏡が沈んでいく。落ち葉の固まりで蓋がされ、またもとの寂しいプールに戻った。いったいいつからここにいるのだろうと看板をよく見ると、『1967年8月1日　釧路市《くしろし》動物園生まれ』とある。

「え、同じ年?」。わたしが生まれて、数カ月後にこのカバが生まれたらしい。同じ二十九歳なのか。カバは誕生日がまだだから二十八歳。カバとはそんなに長生きするものなのか。ジローというからには兄弟もいたかもしれないのに、ひとりぼっちで長年この池にいたのか。哀れだ。哀れすぎる。すぐに啓太に話して驚きを分かち合いたいが、今は無理だろう。こっちに来てから啓太とふたりきりで話す時間はほとんどなかった。

後ろから、マントヒヒに別れを告げたのか、お父さんが微笑しながらゆっくり歩いてきた。休暇中なのにワイシャツにセーターを着て、その上から作業着ふうのベージュのジャケットを羽織っている。

「カバ?」

「はい。水に潜ってるんです。さっき鼻の穴と耳だけ見えました」

「ああそう。全体を見たかったね。大きいんだろうね」

お父さんと肩を並べて落ち葉の浮かんだプールをあらためて眺めた。この三日間たびたび話したせいか、お父さんとの会話は自然にできる。

「このカバ、わたしと同い年なんです」

「へえ、けっこう年なんだ」

「はあ……」

「あなたが年ってことじゃないよ。カバにしたら」

真面目な話なのか冗談を言おうとしているのか、判別しにくい話し方は、お父さんの特徴だということもこの三日間でわかった。

「ええ、カバにしたらおじさんですよね」

「あ、オス？」

「ジローっていう名前ですから」

「ジローか。じゃあタローもいたんだろうね」

「いたんでしょうね」

「今は一匹狼《いっぴきおおかみ》ならぬ一匹カバだ」

「一匹カバです」

カバについて、中年男性とこんなふうに語り合う日が来ようとは思いもしなかった。上司でもない、親戚でもない、初めて相対する続柄《つづきがら》の男性。お父さんのことが嫌いなわけではないのだが、いつものように啓太とふざけたり、笑ったりしてこのカバの一生を讃《たた》えたかった。

　ふたりきりになるのをなんとなく避け、お父さんがまだカバの檻にいるうちにわたしはつぎの檻に向かった。前を歩く啓太親子が、ある檻の前で立ち止まり大きな笑い声をあげている。

　ふたりが行ってしまうまで、あまり近づきすぎないようにゆっくり歩き、その檻の前まで行くとわたしも覗《のぞ》いてみた。動物の展示ではなく、全身が映るサイズの曇った鏡が正面に据えられ、その横の錆《さ》びた白い看板に手書きの説明書きが添えてある。

『ヒト　ヒト科ヒト属　オスは闘争心にとみ縄張り争いにより凶暴化する。メスは嫉妬心により乱暴をすることもある。また子を産むと豹変《ひょうへん》し攻撃的になる』

　曇った鏡に自分の全身が映っていた。隣にいつの間にかお父さんも映っていて、びっくりした。

「ははは、こりゃあ上手《うま》いこと考えたな。人間がいちばん凶暴だ」

「そうですね」

　愛想笑いをしたが内心では「なにを言ってるんだろう」と憤っていた。オスは縄張り争いをするのかもしれないが、すべてのオスではないだろう。嫉妬心はメスだけではなくオスも十分に強いのではと思う。それに、メスが子を産んで攻撃的になるというのは、子を守るための行為じゃないか。

保健師の仕事をしていると、初めての育児で本能と理性の間《はざま》で葛藤している母親をたくさん見るから、こんなに簡単に母性本能をジョークのように書かれると嫌な気分になる。この展示はシャレかもしれないがちょっとセンスがなさすぎる。啓太をつかまえてそう訴えたいが、今は体も心も遠くにいてそれもできそうにない。

順路通り進むと啓太とお母さんは、休憩所でベンチに腰かけていた。列車の車庫のような屋根のある場所で、コインで動く乗り物と自動販売機がある。啓太が飲み物を買ってきてくれて、四人でそれを飲んだ。お母さんと啓太がひとつのベンチでコーヒーを。別のベンチにわたしとお父さんが座り、なぜか緑茶を渡された。コーヒーが苦手なのでこれでいいのだが、いつもお父さんと同じグループ扱いなのが気に障る。

「東京ドームへ連れてってくれたでしょ?」

「ああ、オープンしたつぎの年ね」

お母さんと啓太の話し声が聞こえてくる。

「俺が大学一年のときだ。チケット買うのに朝から並んだんだ」

「あれから、テレビで野球観《み》るたびに、あの辺に座ってたってお父さんと指でさすの」

「え、もう七年前だよ。そっか、あれから東京に来てないか」

「死ぬ前にもう一回行けるのかしらね」

「来年結婚式で来てもらわなきゃ」

「お隣の島崎《しまざき》さんはディズニーランドに行ったって自慢してたけど」

「ディズニーランドもオープンしてもう十年以上経《た》つかな。俺らもまだ行ってないんだよ。な？」

「え、ええ」

啓太はちょくちょく、わたしに話をふってくれるのだけど、なにを言ってもお母さんに無視されるような気がするので、もう応えたくない。あとは啓太とお母さんの会話をじっと聞いていた。ふと気づくと、隣にいたはずのお父さんが手洗いに行ったのかいなくなっている。

「市営だからこんなに空《す》いてんのかな」

「日曜日はけっこう混むわよ。遠足の小学生でいっぱいの日もあるし」

「キツネとかタヌキとかって、この辺では山歩いてたら、どこにでもいるからな。珍しい動物が少ないよな」

「あなた、幼稚園のときここに来て、ゾウさんいたー、キリンさんいたーって、あんなに喜んでたくせに」

「そりゃあ生まれて初めて見たら喜ぶでしょ。でもこんなに寂れた動物園だったかな」

本当に寂れている。今朝、お母さんが動物好きだからと啓太が言いだして、家を早く出て空港に向かう前にここに寄ったのだ。もしもこれが、啓太とわたしのふたりきりで来たならば、「貸し切りみたいだー」とわたしもはしゃげただろうに。「自然がいっぱいで動物たち、幸せそう」と可愛《かわい》らしく言えただろうに。

空いた緑茶の缶を捨てようと立ち上がったときに、突然声をかけられた。

「乗りませんか？」

園の従業員がこちらに呼びかけている。ミニSLを動かそうとしている、紺の作業服に赤いキャップの若い男性だ。三、四歳くらいの男の子と老夫婦が長い汽車の箱型になった座席にそれぞれ乗っている。

「せっかく動かすんで、チケットはいいのでよかったら乗ってください。一周してまたここに戻ってきます」

老夫婦もこちらを向いて「どうぞどうぞ」と手招きをする。

啓太をちらりと見やると「三人だけじゃ、寂しいもんな。乗ってやる？」と言う。わたしはほとんど投げやりになって缶をゴミ箱に捨ててから、そのまま汽車の後ろのほうに跨《また》がってシートベルトを締めた。箱型席は前方に三つあるだけで、後ろは跨ぐ形になっている。

てっきり啓太とご両親も乗るものだと思っていた。振り返っても誰もいない。ミニSLに乗っているのはわたしだけで、啓太はなぜか笑顔でベンチに座っている。お母さんは真顔で啓太の横に座り、お父さんはどこかへ消えてしまったまま。

動き出すとベンチで啓太が楽しそうに手を振るのを見て、わたしは拳《こぶし》を握りしめて睨《にら》みつけた。お母さんはどんな顔をしているのかさり気なく目を向けると、隣の息子の腕をつついたあと、ぷーっと吹き出した。跨がっている車体を蹴りつけたいほど頭にくる。

わたしが乗った『ヒグマ号』とやらはゆっくりゆっくり園内を進み、音だけはスピーカーから出ているのかシュッシュッと豪勢で、たまにピーと汽笛が鳴る。それがまた気持ちを逆なでする。

ずいぶん長い距離を走り、ひとけのない草むらのなかにまで入って行くので、本当にもとの場所に戻れるのかと不安になるほどだった。でももしも叶《かな》うなら、この乗り物の終点が空港で、啓太なんか置いて、ひとりで羽田までまっすぐ帰ってしまいたい。

ここに来てからずっと考えている。こんなにお母さんに嫌われているような状態であれば、結婚は無理かもしれないと。なにが良くなかったのだろう。お母さんはわたしのどこが気に入らなかったのだろう。

二日前、空港へはお父さんが車で迎えに来てくれた。到着ロビーで荷物を受け取り、体を強張《こわば》らせながら啓太の後ろをついて行くと、出迎えの人びとに交じってお父さんは、なぜか紙コップをふたつ手にして立っていた。近くで役所の観光課の職員なのか、搾りたて牛乳を歓迎サービスで配っていて、前もって取っておいてくれたらしい。

お父さんに差し出されるままにそれを飲み干すと、思わず「うわー」と声をあげるほど濃厚で美味《お》しい牛乳だった。それを見てお父さんは嬉《うれ》しそうににっこりして、わたしは飛行機のなかでの肩の凝りがいっきに軽くなった気がした。

啓太はわたしを紹介するわけでもなく、わたしも初対面のあいさつをするきっかけがなかったのだが、お父さんは気にするふうでもなく、「車が古くなったから、乗り心地はどうかな。気分わるかったら窓開けて。空気だけはいいからね」と気さくに話しかけてくれた。

空港から市街地までは信号もない長い道が続くと啓太から聞いていたが、予想以上にまっすぐで、地平線で先が見えなくなる道路を初めて見た。そして空も想像以上に広く、遠くの山で途切れている。道路の両脇には濃い緑の葉をつけた農作物が、これをすべて収穫できるのだろうかと不思議なほど遠くまで続いていた。

啓太の家は、近隣に最近売り出されたらしい色や形が似た一戸建てが並ぶなかの、すこし古めで茶色い屋根のこぢんまりした二階建てだった。庭は小さいながらも石で小径《こみち》がつくられ、手入れされた植木がいくつかあり、今は赤いチューリップの花がたくさん咲いていた。

　後部座席から降りようと、地面に足をつけたときに玄関のドアが開いた。距離にして十メートルくらいだ。お母さんは薄ピンクのポロシャツにベージュのエプロンだった。そのときの目は、車から降りたわたしの顔を見ていたと思う。瞬間、見定められていると感じ、笑顔をつくり頭を下げた。引きつっていたかもしれない。

「おかえりー」という声は優しげで、ほっと気がゆるんだ。ところが顔を上げたときにはその視線は啓太に向かっていた。

「飛行機揺れた？」

「いや、そうでもない。ね？」

「ええ、揺れませんでした」

　啓太がわたしに尋ねてくれるので応えたのだが、お母さんの視線はわたしのお腹《なか》の辺りをちらりとかすめるだけで、すぐに啓太の顔に向く。わたしは声のトーンに気をつけながら「思ったより暖かいです」「空気が美味しいです」と話したが、どちらも無視されたような気がして、初対面の印象がわるかったのだろうかと、どんどん気分が落ち込んでいった。

　啓太に張り付くようにしながら家に入り座敷に荷物を置き、ジャケットだけカーディガンに着替えながら、今日の服装がよくなかったのかもしれないと考えた。これから長いつき合いになるご両親への第一印象を気にして、数着持っているスーツのなかでいちばん地味なグレーのパンツスーツを着てきた。

でも今朝、待ち合わせの立川駅に現れた啓太のワークパンツに長袖Tシャツ、荷物はリュックだけという姿を見てまずいと思った。横に並ぶと学生と教師のようで、わたしのほうが年上なのが目立ってしまっていた。ピンクのポロシャツを着ているところからみると、お母さんは啓太の結婚相手に、可愛らしい白やピンクのワンピースなどが似合う女の子を望んでいたのかもしれない。

奥にはもうひとつ座敷があり、大きな仏壇が見えた。居間をはさんで両側に座敷と台所がある造りで、居間にはソファーとリクライニング椅子、大きな座卓がある。クッションやラグがカラフルに、温かそうに配置され、家族でくつろげる部屋というインテリアだ。

啓太の二歳下の弟、悟志《さとし》さんは東京の会社に就職して、笹塚《ささづか》のアパートでひとり暮らしをしている。ふたりの息子が家を出てからもう七、八年は夫婦だけのはずだが、部屋のなかは四人家族だったころのままにしてあるのだろうか。

座敷の隅に籐《とう》の脱衣カゴがあり、啓太は慣れた手つきでそのなかの赤いジャージに穿《は》き替えた。パジャマや下着も啓太のものをそこに重ねてあるようだ。最近は啓太の下着を洗濯したりパジャマを買ったりして、これが家族になるということかと実感したばかりだったが、思い上がりだったかもしれない。本当の家族はここにちゃんと存在していた。啓太が生まれたときからずっと。

居間の座卓には、手料理らしきポテトフライや、切ったチーズの皿が並んでいて、四人揃《そろ》ってから啓太はそれを指でつまんだ。わたしは両手を膝に置いたまま啓太がわたしを婚約者としてご両親に紹介してくれるのを待った。当然そうしてくれるものと思い、正座をして背筋をのばしたままで。しかし話題は啓太のことばかりだった。

「仕事は忙しいのか？」

「うん。いま公共施設やってるからね、けっこう大変だよ」

「部長さんには、毎年、御歳暮は送ってるのよ」

「ああ、いつも礼を言われる。ありがとう」

「アパートの管理人さんにはもう送んなくていいんでしょ？」

「うん。新しいひとに替わっちゃったから」

「あの最初の管理人さんは親切だったたね」

「電話がなかったころ、呼び出してくれたもんな」

「ちょっと痩せたじゃないの。ちゃんとご飯食べないと」

「食べてるよ。祐子《ゆうこ》は料理上手いんだよ」

そう言いながら啓太はわたしにちらりと目をくれた。お母さんはやはりわたしを見ずに薄笑いを浮かべるだけだった。

紹介してもらってから出そうと思っていたお土産の菓子折りが、膝の横にある。話が途切れるのを見計らっておずおずと座卓の上に差し出した。

「あの、これ、ふたりからなんですが」

「おや、どうもありがとう」

返事をしてくれたのはお父さんだけで、お母さんは無言でそれを見つめていた。

「あ、東京の洋菓子ですが、お口に合うかどうか」

わたしの言葉に反応したのかどうかわからないくらいの小さい声で、お母さんが言った。

「そうだ。駅前の啓太の好きな店のお菓子、買ってあるんだった」

嫌味なのだろうか。お菓子なら地元のほうが美味しいという意味だろうか。啓太を見ると関係ないとでもいうような顔をしている。そのゆるんだホッペタをつねって捻《ひね》りたい思いになった。

お土産はなにがいいのか、何日も前から啓太に相談していたのだ。「お袋になにがいいか訊《き》いておくよ」と適当な返事を聞いただけで、前日になってしまった。仕方がなく空港で買うことにして、それでも失礼がないよう、人気洋菓子店の焼き菓子の詰め合わせを買ったのだ。そのときにも啓太に意見を訊いたが「なんでも喜ぶよ」としか言ってくれなかった。

「え、あそこのマドレーヌあるの？　やっぱりお菓子はこっちのが美味《うま》いよな。乳製品が新鮮だからな」

胸のうちで「コノヤロウ」と叫んでいた。お土産に持ってきた菓子折りにもマドレーヌが入っている。買うときに啓太にも見てもらったはずだ。

「祐子さんはおひとり暮らしですか？」

お父さんは気を遣っているのか、それともなにも気づかないのか話題を変えてくれた。

「はい。アパートです。実家は岐阜なんですが、今は母がひとり暮らしで。でも兄が名古屋で家庭を持っていますから、よく会いに行ってくれます」

「素敵なお母さんだったよ。油絵をやってるんだ」

お父さんと啓太とわたしの会話になってしまったが、お母さんの反応ばかり気になった。顔はうっすら笑っているようなのに視線は決してこちらを向かない。そしてなにも言わず口を結んでいる。

「そう。亡くなったお父さんは警察官だって？」

「はい」

「署長だったんだよ。立派なお墓だった」

「いえ、兄が建てたので」

五月の連休中にわたしの実家にふたりで報告に行った。飾らない性格の啓太は母にも気に入られとても和《なご》やかに事が進んでいた。兄の一家も会いに来てくれて来年には東京で結婚式をしようという話になった。

「家も大きくて庭がすごく広いんだ」

「そうか。祐子さんはお嬢様なんだ」

「そんなことはないです。厳しい親でした」

どうして啓太はそんな話をするのだろうとまた腹が立った。啓太の実家へのあいさつのほうが先だとはわかっていたが、お父さんの仕事は道庁の森林開発の担当で五月は忙しく、六月にやっと時間をとってもらった。そんな事情があるにせよ、お母さんとしては息子が先に嫁の実家に行ったのが気に入らないのかもしれない。

お母さんが啓太の湯飲みに、急須のお茶を注《つ》ぎ足しながらぼそりと言った。

「うちは小さい花畑しかないから」

それは僻《ひが》みなのか、謙遜なのかがわからない。

「母さんの自慢の花畑だもんね」

啓太がそう持ち上げるので、わたしも加わった。

「そうですよね。きれいに手入れされた見事なお庭です。びっくりしました」

「野菜も植わってるから、ただの畑よね」

またもやお母さんの読み取りにくい言い方だ。気をわるくするような発言をしただろうか。視線は相変わらずこちらを向かない。でも顔は微笑《ほほえ》んでいるように見える。

　すこしの沈黙の間ができると、お母さんが座卓の上に置かれたままの菓子折りを両手で持ち、奥の座敷に行った。チーンとお鈴を鳴らす音がしたので、わたしは啓太に目配せをしてあわてて仏壇の前まで行き、ふたりで座って手を合わせた。代々伝わり年季の入っていそうな黒く大きな仏壇だった。

　そのあとお母さんが買っておいたという、地元の有名菓子店のマドレーヌを四人で食べた。美味しいのだがバターが多すぎで、わたしは東京の菓子店のもののほうが好きだと思った。

　啓太は終始くつろいだ表情で、ふだん帰省したときと同じようにふるまっているようだ。お母さんとわたしの様子を見て、なにかおかしいと思わないのだろうか。このぎこちなさを察することもできないのだろうか。急に啓太が頼りなく見え、わたしのほうが三歳年上という事実が深刻に思えてきた。これまでは彼が年下であって良かったと思うことばかりだったのに。

　そもそも啓太に惹《ひ》かれたきっかけは、無邪気で少年のような清々《すがすが》しさに救われたからだ。彼とは『朗読研究会』という学生サークルの活動で知り合った。わたしが大学の看護科の四年生、啓太が他大学の一年生のときだ。当時はサークル仲間というだけの関係だった。卒業後わたしは保健師として市役所で勤務し、もう七年になる。

建設会社に勤める啓太とは、去年行われたサークル仲間のOB会で再会した。偶然家が近所だった縁で、それからたびたび会うようになった。勤務先の人間関係に悩んでいたわたしの愚痴を、啓太は「そんなやつ相手にすんなよ。そいつバカなんじゃないの」と笑い飛ばしてくれた。彼といるとポジティブになれると気づいた。年末休みに沖縄旅行をして、部屋の行き来を始めてから結婚の話までは早かった。三カ月くらいだろうか。

でも結婚というものは本人同士の想《おも》いだけではすまないもっと大きな、一族のつながりでもあるのだ。冷静になって、この結婚は上手く行くのかを考えたほうが良いのかもしれない。

十五分くらい園内を回ってミニSLはもとの休憩所の屋根の下に戻ってきた。ベンチで待ってくれているのはお父さんだけだった。

「あっちの、ウサギのふれあいコーナーにいるって」

「あ、はい」

「楽しかった？　ミニSL」

「はい。童心に返りました」

皮肉を込めて言ったのだが、お父さんは「私も乗りたかったたな」と羨ましそうにしていた。お父さんと乗っていたとしたら、それはそれでよけいに悲しくなっていたかもしれない。

ふれあいコーナーでは、すでに啓太とお母さんが膝にウサギを乗せていた。「意外と癒やされるよ。祐子もさわってみたら」と啓太は誘うが「動物の毛のアレルギーでくしゃみが止まらなくなるから」と断った。これは本当だ。

入口ゲートの脇に解説板があり、柵のなかにいる十数匹のウサギの写真が貼られ、そこに名前と系図が書かれているので暇つぶしにそれを眺めた。十数匹いるなかの五匹は同じ母ウサギから生まれたらしい。そのうち二匹が母ウサギと同じ白色。もう二匹が父ウサギと同じ茶色。もう一匹がなぜか黒い子ウサギだ。

毛色というのは遺伝であるから、親と違うということは祖父か祖母ウサギが黒い毛色ということになるのだろうか。人間の赤ちゃんが生まれたときにも、隔世遺伝という言葉をよく使う。新生児を抱いているお祖父《じい》ちゃんお祖母《ばあ》ちゃんに対して必ずと言っていいほど口にする。

「やっぱりお祖父ちゃんに似てますねー。あ、でも目元はお祖母ちゃん似かな？　隔世遺伝ですねー」

そんなことを仕事で気軽に言っているというのに、啓太の家を訪れていざ自分が産む子どものこととして想像してみると妙に気味わるく思えた。

啓太の家の仏壇にお参りしたとき、右側の壁の鴨居《かもい》に飾ってある四枚の遺影を見た。

啓太のお祖父さんお祖母さん、曽《ひい》お祖父さん曽お祖母さんなのだろうが、みな白黒写真で古いものは小さい写真を引き伸ばしたようにぼやけていた。四人とも啓太にどこか似ている気がした。

曽お祖父さんと曽お祖母さんは血がつながっていないから似ていない。でもお祖父さんとは血がつながっていると見えてどこか似ている。そしてお祖父さんとお祖母さんも血がつながっていないから似ていないのに、啓太のお父さんとは血がつながっているとあって、やはりふたりを合わせたようにどこか似ている。

そしてまた、お父さんとお母さんは似てはいないのに、啓太はどちらにも似ている。空港からの車に乗っているとき、バックミラーのなかで見たお父さんの顔は啓太によく似ていた。でもお母さんを最初に見たときにも啓太にそっくりだと思った。あたりまえなのだけど、父母の両方に似ていることが驚きだった。

婚姻関係を結ぶと、おのずからこの血の流れのなかに加わるのかと気づいてはっとした。わたしもこの仏壇で拝まれる側になるかもしれないし、この遺影の並びに加わるかもしれない。自分のお腹から産まれてくる子どもが、好きになれない夫の親にそっくりだったりしたら……。考えるほどにぞっとした。

ふれあいコーナーの周りを歩くと柵の内側に、ほかのウサギと離れた一匹の白ウサギを見つけ、足元の草を抜いて柵の隙間から食べさせてみた。すると目ざとい茶色いウサギが跳《は》ねてきて、わたしの手の草を横取りしようとする。白ウサギは争うこともせず、お尻を向けて行ってしまった。

啓太がわたしの実家に来たときにも、すこしは感じたのだろうか。わたしが先祖の血を引いていることだとか、代々つながっている家系の存在だとかを。わたしは痛いほど感じる。結婚で、これまで築いてきたものを壊されるような、これまでの努力が無駄になってしまうような感覚。

名字も変わってしまい、夫の家系の人間になってしまうなんて、それじゃあ今まで大切に育ててくれた両親の苦労はなんのためだったのか。生まれた家で覚えた生活習慣や、家風だとか家伝だとかいうものを捨てなくてはいけないということか。

木製の長いベンチに啓太と並んで座っているお母さんの膝の上に、茶色いウサギが乗っているのを、わたしは木の柵の外側から眺めていた。その茶色いウサギが飽きたというように寝ていた耳を立てると、膝の上から飛び降りてしまった。お母さんが立ち上がり別のウサギを探している。

歓迎されてもいないのに、あの家の嫁になりたいという強い意志が、わたしにあるのだろうか。嫁ぎ先で嫌われてまで実家の家系を捨てる意味があるのか。そんな疑問がつぎつぎと湧いてきた。

わたしがおかしいのだろうか。結婚するとき女性たちは、そんなふうには考えないものなのか。わたしはわがままで、啓太のお母さんに受け入れられなかったから、理屈をつけて逃げようとしているのだろうか。自分の頭のなかの回路がよくわからない。

そこを離れてすこし歩き、ひとりでキツネの檻に行った。地元のひとは珍しがらないというキツネの檻は白樺の木を背にした日陰にあった。看板には『キタキツネ　イヌ科キツネ属』とある。

黄土色《おうどいろ》の背でアゴの下が白く、しっぽの太いキツネが三匹いた。二匹は地面に腹をつけ、しっぽの先まで丸くして寝ている。一匹だけ、痩せて毛並みの乱れたキツネがせわしなく檻のなかを歩き回っている。さほど広くない、十畳くらいのスペースを目が回らないか心配になるほど回転しているキツネを眺めていた。

わたしの気配に気づいたのか、ふっとその目がわたしに向いた。じっくり見た経験はなかったが、よくマンガで描かれるキツネ目のように、つり上がっているわけでも、細いわけでもない、犬に近い整った目だ。ただ瞳の色が白っぽいグレーで黒目が点のように小さい。それで鋭く見える。

視線が合うとキツネは目に念を込めてきた。「まずい」と思い、あわてて目を逸《そ》らした。中学生のころ、動物園の飼育員の話を聞く授業があった。サル山のボスを決める闘いは、目を合わせて威嚇し合うところからはじまるのだそうだ。飼育員がいちばんの権力者であると認めさせるために「ガンの飛ばし合い」をしてボスザルに勝つのだと。

いったん顔をそむけてから、こわごわもう一度キツネを見ると、また目が合ってしまった。するとキツネはいきなり口を大きく開き、「クワーッ」と喉から音を発した。威嚇行為だ。同時にこちらに向かって飛びかかるように、鉄柵の内側に体を思いっきりぶつけてきた。

「うわっ」と声をあげながら後ずさり、すぐに離れようと横を向いたとき、檻の前に注意書きの看板があるのに気づいた。

『出産後で気が立っています。ご注意ください』

母ギツネだったのか。子ギツネが近くに見えないのでわからなかったが、奥の飼育室にでもいるのだろうか。わたしを敵だと思い、子を守るために必死になって威嚇していたのだろう。近寄って見つめてしまったわたしがわるかった。

キツネの檻を離れてから振り返って見ると、近くに誰も居なくなってからも母ギツネはなんども鉄柵に体当たりしていた。

出産後に気が立つのは人間もなんら変わりがない。さっきのキツネと似たようなことが人間にもよく起こる。つい最近も新生児の一カ月訪問で目にしたばかりだ。三十代の新米ママが、赤ちゃんを抱いたまま涙ながらに訴えていた。

「自分以外の誰かに抱っこされるのがすごく嫌なんです。赤ちゃんを取られるんじゃないかって、自分でも信じられないくらい不安になって。夫にさえ抱っこされたくないんです。頭ではわかっているんですよ。育児には協力してくれるひとが必要だって」

出産経験のないわたしでも、母親を安心させられるように落ち着き払った表情をつくり、学校で学んだ教科書通りの内容を台詞《せりふ》のごとく並べ立てた。

「だいじょうぶですよ。あなただけじゃありませんから。同じことを言うお母さん、たくさんいますすよ。産後はホルモン分泌が急激に変化するんです。それによってイライラしたり、不安になったりします。頭でわかっていても感情的な言動をしてしまって自己嫌悪に陥るんですね」

「そうです。自己嫌悪です。このあいだも授乳中にわたし、うとうとしちゃったんですね。気がついたら抱いていたはずの赤ちゃんがいなくて、もうびっくりして捜したら、お義母《かあ》さんが抱いてたんです。わたし頭に血が上ったみたいになって、勝手に連れて行かないでくださいって泣いて、お義母さんから赤ちゃん奪い取って、帰ってくださいって追い出しちゃったんです。お義母さんはわるくないのに、傷つけてしまって」

「それは大変でしたね。自分の感情をコントロールできなくなったんですね。でもそれは誰にでもあることですからね。赤ちゃんを守ろうとする動物的本能で、身近なひとまで敵対視してしまうんです。本能ですから普通なんです。お義母さんには、率直に話してください。話しにくかったら、このプリント、差し上げますから読んでもらってください。わかってもらえますよ、同じ女性ですから」

実体験のないわたしの言葉にも、新米ママは涙を流してほっとしたと感謝してくれた。実際わたしがその立場になったとしたら、義母に率直な話などできるのだろうか。素直にごめんなさいなどと言えるのだろうか。結婚のあいさつだけで、こんなに苛立《いらだ》っているというのに。


三角屋根の空港は降りたときと変わりなく、だだっ広い駐車場に隣接する倉庫のようにぽつんと建っていた。空と地面が広すぎて小さく見えるだけで、なかに入ると土産物店やレストランもあるちゃんとした空港だ。

啓太が帰省したときにはいつもそうしているのであろう段取りを、わたし以外の家族三人は淡々と進めていた。空港の入口前で車から降り荷物を下ろすと、運転するお父さんだけ駐車場に車を停《と》めに行く。そのあいだに啓太はふたり分の搭乗手続きをして荷物を預け、お母さんは近くで啓太を見守り、手続きがすむとエスカレーターで二階の出発ロビーに上がった。

わたしはつぎにどこへ行くのかわからないまま団体行動をすることが苦手だった学生時代を思い出して、この家族のあとにただついて歩くのが嫌でたまらない。

さっき決心したことを思い浮かべて怒りをしずめた。動物園から空港までの車のなかで、平行にどこまでも続く農作物の畝《うね》を眺めながら、この方々は長いおつき合いになるのではなく、もう二度と会うことがない人たちなのだと思うことにした。旅先でお世話になった他人の家族だと思えば怒りがおさまり、泊めてもらったことに感謝することさえできる。

土産物店の前を素通りしてふたつあるレストランの和風店のほうに入り、四人掛けの席に座ろうとするといつの間にかお父さんが合流している。お母さんがまず座り、その隣に啓太が座り、お母さんの向かい側にお父さん。わたしは最後にお父さんの隣に座る。この三日間で出来上がった席順だ。この並びで座ることももうないのだから我慢しようと自分をなだめた。

店員が水を持ってくると、お母さんが慣れたように「天丼を人数分」と注文した。いつも啓太が東京に帰るときにはそれを食べているのだろう。天丼が名物だというのは壁に貼ってある写真でわかるし、わたしも旅行で来たならそれを注文するだろうが、今は天ぷら蕎麦《そば》が食べたい。それも訊いてもらえないなんて、わたしは透明人間にでもなっているのだろうか。

啓太の家で四回食事をした。わたしは気を利かせたつもりでエプロンまで持参したのに、キッチンへは一回も入れなかった。お母さんが「もう準備できてるから」とやんわり断るのだ。食器を下げようとしてもキッチンの入《はい》り口《ぐち》でお母さんがそれを受け取って「狭いからいいの」と洗い物もさせてもらえない。お客さん扱いされているというよりも、身内として認めないと拒否されているとしか思えなかった。

朝食の納豆に砂糖と醤油《しょうゆ》を入れるのも、目玉焼きにソースをかけるのも、この家だけの独特な食べ方だと思うのだが、わたしの好みなど訊くそぶりも見せず、こちらに合わせるのが当然というように扱われることに驚いて、その後なんだかわからない怒りが湧いた。わたしが幼いころから家族と築いてきた習慣を、すべて無視されたような。

でももう会うこともない方々なのだから忘れてしまおう。

テーブルに置かれたどんぶりの蓋を開けると、鮭《さけ》とホタテの天ぷらが入っている珍しい天丼だった。啓太が嬉しそうにかき込んでいるのを、お母さんが満足げに横目で見て、それをわたしが上目遣いに覗いていた。お父さんは海老《えび》が好きなのか嫌いなのか、蓋の裏にいったんよけて、最後に時間をかけて海老だけ食べていた。

食事を終えても搭乗時間まで二十分以上ある。わたしと啓太はそれぞれ職場への土産に菓子の詰め合わせを買い、お母さんは「かにみそ」のビン詰めを買って啓太に手渡していた。啓太の好物だ。

「それは会社のひとのお土産?」

啓太がひとりで、箸を買おうとしている。

「いや、お袋に」

「お母さんに?」

「うん。使い込んでもう、ぼろぼろだったから。俺らの子どものころからずっと同じの使ってんだ」

「お父さんには？」

「親父《おやじ》は出張ばっかで、家であんまり食べないから箸も傷んでなかった」

「へえ、そうなんだ」

お土産を見ながらしばらくぶらぶらして、気がつくと近くに誰もいなくなっている。周囲を捜すとロビーの長い椅子にお母さんの姿だけ見える。おそるおそるそこに近づいて隣に座った。すぐに啓太とお父さんもそこに集合するだろうと思っていた。なかなかほかのふたりが現れない。姿も見えない。トイレに行ったのだろうか。数分がやけに長く感じられた。話すきっかけがなくお互いに無言のまま正面を向いて、隣同士で座っていた。

今は搭乗者と見送りの人たちでロビーが賑《にぎ》わっている時間で、観光客らしきグループも数組見える。

「もう、どこ行ったのかしら」

聞こえるか聞こえないかくらいの小さな声でお母さんがぼやいた。なぜか驚いて肩がぴくっと揺れた。

「あ、ト、トイレですかね」

聞こえるように大きな声で言ったつもりだが、それに応える言葉はなかった。

「いつもどっか行っちゃうのよ」

お母さんはわたしに話しかけているのではないというように前を向いたまま呟《つぶや》く。お父さんのマイペースさに呆《あき》れて、うんざりしている言い方だ。

「あ、そうなんです……すぐいなくなります」

啓太も一緒に買い物に行くとすぐ行方不明になる。ちょっと見たいものがあったと悪びれもせず戻ってくるのだが、わたしは突然置き去りにされたように心細くなる。

お母さんとわたしは前を向いたまま五分くらいは座っていた。

「まったく、勝手なんだから」

「勝手なんです。まったく」

お互いひとり言のように愚痴りながら、ただ椅子に深くもたれて座っていた。

お母さんが膝の前に提げているビニール袋には、さっき啓太が買った箸が入っている。啓太が選んだのは天然木で、上のほうだけ赤い塗りになっていてフクロウの模様がついていた。

その箸が入ったビニール袋を指先で持つ手には、細かいしわと薄黄緑色の血管が見えるが、白くてやわらかそうな手だ。重ねている左手は、指先が尖《とが》って見えるほど細い。そして小指がとても短い。

お母さんはあの家で、ひとりでご飯を食べているのだろうか。ふたりの息子が巣立ってから、出張の多いお父さんがいない日はいつもひとりぼっちだったのか。

それでも四人家族のときのまま部屋のインテリアも変えずに、子どもたちと一緒にご飯を食べていたころの箸をぼろぼろになるまで使い続けていたのだろうか。

なぜだかふいに動物園の母ギツネを思い出した。子を守ろうとしてわたしを睨みつけ、体ごと鉄柵にぶつかってきた、子どもを産んだばかりのキツネ。

啓太と弟を産んで、ふたりがまだ子どもだったときからお母さんの時間が止まったままだとしたら……。

周りのひとが敵に見えてしまうほど、本能で子を守っていたときから止まったままで。

「わかってもらえますよ、同じ女性ですから」

訪問先の新米ママにわたしが言っていた言葉だ。

搭乗口から入るときに、お母さんは啓太の腕や背中をさすりながら、しばらく涙ぐんでいた。わたしはお父さんに「お世話になりました」とあいさつをした。

「ああ、体に気をつけて。岐阜のお母さんによろしく」

啓太がわたしを見て「行く？」と目で合図してからお母さんのほうを向いた。

「じゃあ、そろそろ行くよ」

さすっていた手を離すとお母さんは啓太に話しかける。

「お正月にも帰って来るでしょ？　ふたりで」

「うん。そうしようかな」

空耳かもしれないが、お母さんがふたりでと言ったように聞こえた。

わたしは、お母さんにはなにも言えずただペコリと頭を下げた。背を向けるときに、わたしの二の腕をさする手がある。振り返るとそれはお母さんの手だった。どういう意味なのだろう。

ゲートを通り、見えなくなる前にもう一度振り向くと、ガラス窓の向こうでお父さんが明るく手を振っている。その横の涙ぐんだお母さんと目が合った。

確かにわたしを見ている。

二日前、初めて啓太の家の前に着いたときにも玄関から出てきたお母さんと目が合った。このくらいの距離で。

十メートル以上離れると、お母さんは視線を合わせてくれるのか。

わたしは思わず引きつった笑みをつくり、頭を深く下げていた。

行きも帰りも天候にだけは恵まれて、飛行機は快晴の空を揺れもせず進んでいる。

お正月、啓太と一緒にあの家にいる光景がおぼろげに思い浮かんだ。

また行くのだろうか。

その前に、帰ってから啓太に言いたいことがたくさんある。今回の旅でどんなに腹が立ったかと、どんなに寂しかったか。

眠いふりをして、わたしは啓太の腕にしっかりとしがみついていた。

啓太の腕はわたしだけのもの。そう思いながら。

クリームシチュー　昭和六十一年

カレンダーを昭和六十一年版にしてから、早くも二枚目だ。二十一の数字に太い赤ペンでマルをして大きな字で受験日と書いてある。あれは母親の字だ。

僕のような人間はそれを見ると緊張するから印をつけないでほしかった。居間の座卓で朝ご飯を食べるとき、顔を上げるとちょうど目が行くテレビの横の壁に貼ってあるのだ。しかもカレンダーの写真が、土俵入りしている千代《ちよ》の富士《ふじ》だから威圧感さえある。

「啓太《けいた》、よそ見しないで食べなさい」

「考えごとしてるんだよ」

癖のように受験日までの日数を追ってしまう。あと十八日しかないではないか。

「だったら、箸を動かしながら考えなさい。学校に遅れるでしょう」

母親に睨《にら》まれ、茶碗《ちゃわん》に口をつけて納豆ご飯を箸でかき込んだ。

去年の暮れまではすこしは自信があったのだけど、近くなるとだんだん心配になってきた。試験会場であがってしまって頭がぼうっとしてしまうかもしれない。いったん考えはじめると不安はどんどん膨らんで、昨夜はおかしな夢を見た。問題用紙の文字がなんだかもぞもぞ動いているような気がして、よく見ると文字の一個一個に小さい目がついていて、そのなかの一匹と目が合ってしまい、そいつが「逃げろ」と号令をかけると文字があっちこっちに逃げ出してしまう夢だ。

「今日は豆まきするんだよね？」

弟の悟志《さとし》はまだ中一だから気楽そうな顔でそんなことを言う。

「そうね。豆は買ってあるわよ。鬼のお面がついてるの」

母親も受験生ではない悟志には僕よりも優しい声で話す。

「じゃあ、お兄ちゃんだな、鬼は」

そう言えば今日は節分なのか。毎年思うのだが、なぜこんなに寒い時期に窓を開け放って豆まきなどするのだろう。

「二月の豆まきって寒いからさ、一カ月ずらして三月にやればいいのにな。七夕は八月七日で内地より一カ月遅くやるだろ？」

「三月三日はおひな様だろ。なんでおひな様の日に豆まくんだよ」

「あ、そっか」

「お兄ちゃんはどっか抜けてるよね。そんなんじゃ、受験に失敗するよ」

「うるせえよ。そういうこと二度と言うな」

よその家でも弟は兄に偉そうな口をきくものなのか。二歳下の悟志は背も高く、力関係では拮抗《きっこう》しているせいか、なにかと僕と張り合おうとする。たまになにかで僕が負けると大げさに喜んでいつまでもその話を持ちだしてはバカにする。

だいたい弟というものは、兄が最初に経験したことに倣《なら》っているのだから失敗が少ない。学校の式典や行事だって、僕が試行錯誤しながらやっているのを見ているから、悟志はなにも心配せずにできる。母親も僕には重圧をかけるようなことを言うのに、悟志のことには僕で予行演習しているから呑気《のんき》に構えている。結局兄の僕ばかり初めての経験に緊張して、まったく損な立場だ。

「行ってきます」

「忘れ物ないわね」

同じ中学だけど、それぞれの友達と登校するので悟志が行ってから三分後に家を出た。薬屋のかどで村田《むらた》と合流する。会ってひと言目で「もう受験なんかしたくないよ」と愚痴ってしまった。

「それより俺はバレンタインデーのほうが心配だ。今年はもらえるかな」

村田は小学校にあがる前からスピードスケートのクラブに所属していて、道内の大会で優勝経験がある。高校はオリンピック選手を輩出している私立校に入学が決まっている。

「おお、そう言えばもうすぐか。でも今年はバレンタインなんて忘れることにする。去年は一個ももらえなかったし」

「日吉《ひよし》、その前はもらえてたっけ?」

「ほら、小学んときは前もってちょうだいって言っとけば、五十円のハートチョコとかもらえただろ。中一でも隣の席の子がばらまいてたからさ、僕もついでに一個もらった。でも中二になるとなんかマジだからな」

「そうか。中二からはマジで好きですっていう意味なのか。じゃあ俺はますますもらえないな」

「もらえなくてもいいんだけど、うちは弟がいっぱいもらってくると思うんだよ。それが嫌なんだ。中一なんて、どうせ子どものノリなのにさ」

「弟はモテそうだもんな」

「外面《そとづら》いいからな」

村田は酒屋のひとり息子で弟と比べられる経験はないだろうが、ひとりっ子というのもそれはそれで寂しいものがありそうだ。

国道の下をくぐるトンネルを出ると校門に着く。数年前に建った中学校までは家から歩いて三十分はかかる。毎日けっこうな運動量で文句のひとつも言いたくなるが、村田のスケートでの運動量はこんなもんではないと思って我慢している。

「今日もスケートの練習あるのか?」

「ああ、夜間練習。正月二日から休みなし。きついな」

僕も小学校の体育の授業ではスケートをやった。ほんの数分で腰は痛むし、つま先は感覚がなくなるほど冷える。それを村田は毎日何時間も耐えているのだ。

「偉いよな、村田は」

「そうか?」

僕が家で餅でも食べているあいだ、村田は忍耐力を身に付けている。きっと大人になったときの村田と僕の社会的地位の差は、社長と平社員くらいになっている。

「村田はオリンピックに出るだろうな」

「だといいけど。日吉もだいじょうぶだよ。いい高校に行くんだから、大学もいいとこ行けるよ」

「まだわかんないよ。模試では合格ラインだったけど緊張しいだからさ。直前になってあがっちゃって頭がぼうっとしたりするんじゃないかな」

「心配ばっかりしてたらよけい緊張するぞ。当日は好きな食べ物のことでも考えてリラックスすることだ。スケートの大会ではそう言われる」

「そうか。わかった」

校門を入ると、そこから校舎までの五十メートルほどに、黒っぽい防寒着の男の人が五、六人いた。生徒の父親たちが雪かきに来ているのだ。一昨日《おととい》の土曜日の夜から日曜日にかけて一メートルの積雪があり、昨日の朝はうちの玄関前を母親と悟志と僕の三人がかりで除雪した。近所の祖父母の家にも兄弟で行って、車道まで出る道を作るのに一時間かかったが、毎年のことだから仕方がない。

雪かきの父親たちのなかに村田酒店の店主、つまりは村田の親父《おやじ》さんがいた。

「あ、おはようございます」

「おお日吉君、おはよう」

村田の親父さんは酒焼けだとかで常に赤ら顔なのだが、そこに雪焼けも加わって、被《かぶ》っているエビ茶色の帽子との境目がわからないくらいの色になっている。スコップで四角く切り出しながら雪を運ぶのが重そうだ。降りたての雪は軽くても、一日経《た》つと固まって重くなってしまう。

「親父さん、腰痛めないといいけど」

「酒の配達してるから、腰は鍛えられてるよ」

「そうか」

親父さんがいつも家にいる村田が羨ましかった。大雪の夜や台風の夜、家が壊れないか心配で眠れなくなることなどないのだろう。

うちの父親は、北海道庁の森林開発の仕事で出張が多い。道内の開発局の詰め所を転々としながら仕事をしている。夏のあいだはほとんどいないし、冬も山道の除雪状況を調べたり、雪崩《なだれ》が起きないかの点検をする仕事がある。普段の週末には帰って来るが、一昨日は大雪になる予報だったので戻らなかった。

「村田んちは親父さんいてよかったな。雪かきもやってもらえるし」

「俺も雪かきは手伝わされるよ。店を開けなきゃなんないからさ」

「ふうん。うちは自分ちと、祖父《じい》ちゃんちとの二軒分やるから、父親いないと大変なんだ」

公営住宅に住んでいる父方の祖父母はふたりとも元気で、僕たち兄弟の学校行事を欠かさず見に来る。昨日も僕たちが雪かきに行くと喜んで、ひとりずつにチリ紙に包んだ千円札をくれた。行くとよく小遣いはくれるが、それ以外の、うちの家族と連れ立って出かけるようなことは、僕が記憶するなかでは今まで一度もない。

前を歩いている一年生の男子が、子どもっぽい騒ぎ声をあげて雪玉をぶつけ合っている。それを英語教師の橋本《はしもと》先生が陽気な声で注意している。僕のクラスの三年A組は一時間目から橋本先生の授業なのを思い出し、宿題のやり忘れがないか歩きながら考えた。

「日吉んち、祖母《ばあ》ちゃんたちも一緒に住めばいいのに。なんで別々なんだ？」

村田からの唐突な質問で足が止まりそうになった。祖父母のことを訊《き》かれると、ちょっとドキリとして答え方を考えてしまう。

「なんかよくわかんないけど、公営住宅が建ったときに申し込んだら当たったんだって。年寄りはふたりだけで暮らしたほうが気楽だって、祖父ちゃんが言ってる」

「ふうん、確かに、なんかよくわかんないな」

村田はそれほど興味がない様子で、その話題は終わった。僕が答えたことは、本当はすこし違う。もともと祖父が建てた家に母親が嫁いできたのだが、母親は祖母と折り合いがわるかったらしい。祖父は優しいのだが影が薄くて、祖母の存在が大きな家だ。細かいことを気にして口うるさい祖母と、おおざっぱに自己流でやりたい母親が、一緒に家事をやると当然ぶつかることになり、よく母親が家出して実家に逃げ帰っていたそうだ。

校舎前の道に立って橋本先生は、雪遊びをしている生徒がいないか見張っている。近くを通るときにこちらから先に「おはようございます」と村田と声を揃《そろ》えてあいさつした。黙って通り過ぎると英語であいさつさせられる。

僕と弟が生まれて数年後、母方の祖父が亡くなると、母親は辛《つら》いときの逃げ場所がなくなり、どんどん痩せてかなり参ってしまい、祖父母と別居したいと言いだしたそうだ。それを知った祖父が公営住宅に申し込んで、そちらに引っ越しをした。これは父親がこっそり僕にだけ教えてくれた。

僕が中一のときに三年の男子から、「お前のかーちゃん、鬼みたいな嫁なんだってな」とからかわれ落ち込んで帰った日のことだ。初めて他人から母親の悪口を言われると、自分でもなぜかわからないくらい頭にきて、暴れ出したいほどの怒りでいっぱいになった。

家に帰って鞄《かばん》を置いたとたん、悔しくて涙が出てきた。母親がどうしたのか訊くのだけど本当のことは言えず、たまたま帰って来ていた父親に一緒に風呂に入ろうと言われ、湯船につかりながら母親の悪口の話をした。

そのとき父親が、町のひとたちはなにも知らずに母親が祖父母を追い出したと噂《うわさ》しているのだろうと教えてくれた。そう聞かされても僕はなかなか信じられなかった。母親は祖母と仲がわるいそぶりも見せず、僕たちには祖父母を大切にするようにと、しつこいくらい口にしていたからだ。

どうして仲良くできなかったのだろうと、しばらくは母親のことが嫌になったり、祖母のことが嫌いになったりしたが、今はそれも仕方がなかったのだと思えるようになった。

校舎に入ると体の力が抜けるくらい暖房が効いていて、廊下ではいつものように女子たちの声が甲高く響いている。

「村田、今日は放課後、掃除当番だから先に帰って」

「おお、わかった」

村田のクラスのC組の前で別れて、A組の教室に向かった。

月曜日の六時間授業はいつもより長く感じてすこし疲れた。放課後、同じ班の波多野《はたの》さんと床の掃き掃除をした。三年の夏休みまでバスケット部の主力選手、ショートカットで手足が長いのが特徴の女子だ。高校生の間で流行《はや》っているのを真似《まね》てスカートをほんのすこし短くしている。

「ねえ日吉君」

「え？」

モップで床のゴミを掃きながら波多野さんが言う。

「一年のときほど教室が汚れないよね？」

そう言われてみると波多野さんが手にしているモップには、あまりゴミがついていない。

「あんまり暴れまわるやつがいないから、ホコリが立たないのかな」

「そうか。男子が大人しくなったのか。一年のときはプロレスごっこしてたもんね」

三学期の班決めで波多野さんと同じ班になった。久しぶりに席が隣同士になり一日に二、三回会話する。一年のときにも波多野さんと隣同士になったことがある。宿題の答え合わせをしたり、給食のとき波多野さんが嫌いな揚げ物をもらったりして、よく話をした。

その年のバレンタインデーに、たった一個もらったチョコが波多野さんからだった。

もしかすると席が隣のよしみで今年ももらえるかもしれない。期待しないほうがいいのはわかっているけれど。

掃除道具入れにモップをしまい、机と椅子を並べ直すと掃除当番がすんだ。オーバーコートを着て毛糸のマフラーを巻いたときに、グラウンドのほうから男子生徒の大きな声が聞こえてきた。いつものふざけ合っているのとは違う、怒鳴るような、叫ぶような声だ。教室にいた同じ班の男女六人が窓に駆け寄った。二階の窓から真下の道がよく見える。

「なに？　けんか？」

「テニス部の一年だ」

「あ、血が出てる」

女子のひとりがきゃっと悲鳴をあげた。

「波多野さんの弟じゃない？」

波多野さんが「あ、純《じゅん》だ」と小さく言った。僕と同じで波多野さんにはふたつ下の弟がいる。悟志と同じテニス部だ。雪のある日はテニスコートが使えないので、体育館で筋トレをしているはずだが。

僕も目をこらしてよく見た。今朝、大人たちが除雪してくれた校舎から校門までの道に四人の男子が二手に分かれて立っている。先生を呼びに行ったのか、ひとりが校舎に向かって走った。

波多野さんの弟が左の耳を押さえてひざまずき、その下の雪に赤い斑点がついている。耳の辺りからぽたぽたと血が落ちているらしい。「ちょっと見てくるね」と波多野さんが教室から飛び出して行った。

「けんかしてやられたのかな？」

「スコップじゃない？」

「え、あっぶない」

除雪用の青いプラスチックのスコップを右手にぶら下げて、立ちすくんでいる男子がいる。ドキリとして瞬時に顔が熱くなった。

「あれ、啓太の弟？」

「そうだ、日吉君の弟だ」

みんながいっせいに振り返り、驚いた目で僕を見る。

「う、うん」

僕は足がすくんでしまい窓の下を見てごまかすと、校舎から一年の担任が走ってくるのが見えた。血を流している波多野君の肩を抱いて、玄関のほうへ歩かせている。波多野君の頬と首の辺りにも血がついている。すこし遅れて教頭先生が走ってきて、そこに残っていた男子たちを連れて校舎に戻った。歩きながら悟志の手からスコップを取りあげた教頭先生は、悟志になにか話しかけて、悟志が苦しそうな目で頷《うなず》いた。見たことがないほど青白い顔だ。

心臓が縮んだみたいにきゅっとなった。とりあえずみんなと一緒に一階に下りたが、どうしたらいいのかわからず、みんなが帰ってからも僕だけ残って職員室の前の廊下に立っていた。

悟志たちは奥の校長室に入ったのか職員室の小窓からは姿が見えない。こんな経験がないからわからないが、波多野さんが弟を心配して走って行ったので、同じく兄の立場である僕も悟志を放って帰るわけにはいかないような気がする。

なにがあったのだろう。一対一のけんかだとしたらスコップを使うのはちょっと卑《ひ》怯《きょう》だ。見た様子ではどうも悟志のほうが分がわるい。相手は丸腰で、悟志は凶器を手にしていたのだから。雪かき用のプラスチックだからまだしも、金属のものだったらどうなっていたか。

職員室の左隣にある保健室の戸がいきなり開き、耳に大きなガーゼをあてた波多野君と波多野さん、一年の先生が出てきた。病院に向かうのだろうか。波多野さんと目が合った。なにか言うべきか。

「ごめんね」

先に波多野さんが謝った。

「い、いや。こっちこそ、ごめん」

当事者ではないのに、僕もとりあえずという感じで謝ってしまう。

「悟志君だいじょうぶかな」

「うん、だいじょうぶ」

大人びた言い方で波多野さんは悟志のことを心配する。僕はわかりもしないのにだいじょうぶなどと応えた。

「ケガはひどいの？」。そう訊こうとしたときにはもう波多野さんたちは廊下を進んでいて言えなかった。どのくらいのケガだろう。縫ったりするのだろうか。波多野君はガーゼをあてた耳を押さえながらヒクヒクとしゃくりあげていた。お母さんみたいな波多野さんがそばにいると、甘えて泣いてしまうのだろうが、すごいケガなのかもしれない。

あれこれわるいことばかり思い浮かべながら廊下に立っていた。放課後の一階の廊下は生徒がほとんど通らず、音楽室のほうから吹奏楽部が練習をしている管楽器の音が響いている。廊下の暖房を止めてしまったのか、オーバーコートを着ていても足元からじわじわ冷えてきた。

波多野さんも受験勉強があるのに病院まで弟に付き添ったのだろうか。クラスの大人っぽい女子のなかでも波多野さんは特にしっかりしている。波多野さんを見ていると、僕が兄らしくないということがよくわかって恥ずかしくなる。中一のころから波多野さんは弟のおやつを作るだとか、歯医者に連れて行くだとか話していた。共働きの両親だからというのもあるにせよ、母親代わりをするなんて僕にはありえないことだ。

廊下に立ったまま十五分は過ぎた。一年の女子ふたりが、廊下に立っている僕を横目で見ながら通り過ぎて行った。肩がすくむほど寒くなってきたし、こんなことをしているよりも帰って受験勉強をしたい。

職員室の戸の小窓から僕の姿を見つけた教頭先生が戸を開けて、「日吉君、今、悟志君と話をしているから、ちょっと待ってて」と声をかけてくれた。やはりここに立っていてよかった。

校長室でなにを話しているのだろう。悟志は幼稚園でも小学校でも暴力沙汰など起こしたことがない。むしろ友達のけんかを止めに入るようなやつだ。いいかっこしいなところがあるからだ。僕はどちらかというとけんかをする勇気がないので、嫌なことでも我慢してしまう。悟志は頭にくるようなことがあってもすぐ口に出したりせずに、まず周りから自分がどう見られているか考える。それで冷静なふりをして、けんかしそうになっている友達をなだめたりする。だから女子に人気があるというわけだ。

その悟志が手を出してしまうほど怒るようなことだったのだろうか。もしかするとひとりの女子をめぐって波多野君と取り合いになったのかもしれない。バレンタインデーも近いことだから。

上履きの裏から床の冷たさが伝わってきて、その場で足踏みをして足の裏を温めた。そうすると体もすこし温まって感じる。

やっと校長室の戸が開き、教頭先生のあとから悟志が出てきた。さっき二階の窓から見たときよりもっと青白い顔をしている。廊下に立っていた僕を見つけると一瞬はっとして、すぐに目を逸《そ》らして前を通り過ぎて行く。

「悟志、どうしたんだよ」

「なんでもない」

教頭先生のほかにクラス担任の先生も、悟志に付き添っていた。

「日吉君。これからお宅に行くから、一緒に帰ろう」

「え、はい」

先生たちが家に来るなんて、なんだか大ごとになってしまって、急に心細くなった。家に帰っても父親はいないし、夜になっても帰って来ない。

校舎から出て無言のまま四人で雪道を歩くと、靴の底で雪を踏む音が吹奏楽部の練習みたいに響いている。さっき波多野君が血を流した場所を通ると、誰かがきれいにしてくれて跡形もなくなっていた。

国道の下をくぐるトンネルを出たところに駐車場があって、そこから先生の黒い車に乗りこんだ。町の東端にある森林を切り拓《ひら》いて建てた中学だから、町に住むほとんどの先生たちは車で通っている。今日は雪が積もったから五台しか停《と》まっていなかった。

学校の駐車場から自宅まで車だとほんの五分ぐらいだろう。家への道順と駐車する場所を除雪してあると話しただけで、それ以外の会話はなかった。後部座席に僕と並んで座っていた悟志は口を結んで俯《うつむ》いたままだ。

学校から電話があったのか、玄関の前に母親が立って待っているのが見えた。悟志がこんなことになるなんて、さぞ怒り狂っているだろう。近くまで行くと母親の目の玉が赤く充血している。

「わざわざ来ていただいて、申し訳ございません」

そう言って母親が先生たちを居間に案内し、座卓のテレビ側に並んで座ってもらった。そこにはお客用の座布団を敷いてあり、すぐにお茶が出せるように急須と湯飲みも座卓の上に用意してあった。母と悟志が長椅子側に座り、僕は奥の座敷に座って見ていた。

居間に全員が座ってから、母親が膝に手を置いてもう一度「申し訳ございません」と頭を下げた。悟志はずっと俯いている。いつも家族でご飯を食べているこの場所に、学校の先生が座っているなんて、テレビドラマでも見ているような不思議な気分になった。

「悟志君は学校ではいつも真面目で、友達の信頼もあついお子さんです。私どももそれは十分わかっておりますので」

教頭先生の話を、母親は頭を下げたり上げたりしながら聞いている。

「今回は放課後のテニス部の部活中にテニスコートの除雪をしようとしていたそうです。ちょっと口げんかになったとかで、悟志君が雪かき用のスコップを振り回し、波多野君の耳にあたって、耳の上を切りました。念のため病院で手当てしてもらいましたが、縫うほどではない切り傷で、絆創膏《ばんそうこう》を貼って帰宅したそうです」

「はあー、そうですか。よかった」

母親はそう言って力が抜けたように背中を丸くした。傷がひどくなくて僕もほっとした。

「そのときの状況を一緒にいた生徒に訊いたのですが、はっきり見ていなかったそうです。それで、けんかの理由なんですが、いくら訊いても悟志君、教えてくれません」

俯いている悟志の顔を、四人が同時に見た。悟志が頭を持ち上げると、いつもの生意気そうな顔ではなく、弱気な表情をしている。

「けんかじゃないです。ふざけ合っていただけです。そしたらたまたま波多野にあたったんです。僕、すぐゴメンて言いました」

表情は弱気なのに言うことは強がっているみたいだ。あのときの姿からすると、嘘《うそ》をついているような気がする。本当は悟志がカーッとなって手を出したのではないかと思うが、女子をめぐっての取り合いだったとしたら、きっと恥ずかしいのだろう。

母親は悟志が嘘をついていることなどお見通しだろう。悟志のことを厳しく叱るか、もしかしたら叩《たた》くかもしれない。「自分がやられたらどんな気持ちになるか、よく考えなさい」。兄弟げんかをするたびにそう叱られて、ふたりともが頭を叩かれる。今は先生たちの手前、悟志の顔をちらちらと窺《うかが》っているだけだ。

「悟志君はふざけていただけだと思っていても、波多野君はけんかしたと言っていますから、やはり、波多野さんのお宅に謝りに行ったほうがよろしいかと思います」

教頭先生が、学校で生徒たちに話すときと同じ、気難しそうな話し方で母親にそう告げる。

「いいえ、謝りには行きません」

なぜかきっぱりとした口調で母親が言う。

「悟志がふざけていただけって言うんですから、ふざけていただけなんです。故意にではなくて、遊んでいるときの事故です。お互いにわるかったのですから、お電話で波多野君にお見舞いを言います。謝る必要はないでしょう」

母親は先生たちを睨むような目で見ている。

「しかし、ケガをしていますから、ここはケガをさせたほうが謝ってしまえば、これから悟志君と波多野君も、仲直りしやすいと思いますが」

「それはもう悟志がゴメンって言ったそうなので、あとはまかせておきます。悟志だけがわるいわけではありませんから。遊んでいたときの事故ですから」

ちょうど両者の顔が見える場所に座っている僕からすると、言い争っているようにしか見えなくてびっくりした。先生たちがきつく注意するのはいつものことだが、母親のその強気な言い方が信じられなかった。どうして悟志が嘘をついているとわからないのだろう。

「しかし、波多野君のご両親は、被害者と感じるかもしれませんし」

「波多野さんなら、私も知らないわけではありませんので、お電話で話します」

「お互いの親同士で顔を合わせてお話しになったほうが、後々のわだかまりがないかと思いますが」

「伺うまでもないです。悟志がけんかじゃないと言っているのですから」

母親はこれほど頑固な性格だったろうか。どうしても謝らないという口ぶりだ。

先生たちは憮然《ぶぜん》としながら帰って行った。ふたりだけで波多野君の家までお見舞いに行くそうだ。僕は母親も一緒に行けばいいのにと思ったが、母親は当然というように玄関で先生たちを見送るだけだった。

いつもの三人だけの家に戻ると、急に受験勉強のことを思い出した。こんなことをしている場合ではない。でも今ごろ車のなかで先生たちは、我が家のことを話しているだろうかと気になった。父親が留守がちな家だからとか、子どもに厳しくできない母親だからとか。

「悟志は？　ケガはなかったの？」

「うん」

母親はまだそんなことを言って、悟志を過保護に扱っている。

「どうして先生って、謝ることばっかり言うのかしらね。ふざけていただけなんだから、平等に扱ってほしいわよね。悟志が嘘ついてるみたいに言って、本当に腹が立つわ」

ひとり言みたいに言いながら母親は居間を片づけ、僕は二階の部屋に入って勉強を始めたが、なかなか集中できない。同じ部屋の二段ベッドの上の段では悟志が布団を被って丸くなっている。

階段の下から波多野さんの家に電話している母親の声が聞こえてくる。先生たちの前では強気なことを言っていても実際は「すみませんね、危ないものを振り回してしまって。男の子は乱暴ですから」などと、謝っているような言い方をしていた。悟志にも聞こえているはずだ。

「おい、悟志、なんで嘘つくんだよ」

ベッドの上の段に向かって言ったが返事はない。

「本当はお前がカーッとなって手を出したんだろ？　けんかだったんだろ？　手を出したほうがわるいんだぞ。お母さんのこと騙《だま》して、庇《かば》ってもらって、それで嬉《うれ》しいか？　お母さんが恥かくことになったじゃないか」

しばらく布団は動きもせず、寝てしまったのかと思ったが、洟《はな》をすする音が聞こえてきた。悟志は泣いているらしい。やっぱり嘘をついていたのだ。

やる気が出るまでとりあえず英単語を復習しようと単語帳を開いたが、どうも頭に入ってこない。波多野さんの家では今どんな話になっているのか。うちの親たちや悟志のことをとやかく言っているかもしれない。こんなときに長男ならばどうするべきか、なんとか考えてみようと思うが、答えがぜんぜん思いつかない。

同じような経験がなかったか考えているうちに、ふいに思い出すことがあった。ずいぶん前、確か、僕が小学校三年生になったばかりの春ぐらいだ。

暗くなってから父親に連れられて雪解け水でぬかるんだ道を歩いた。村田酒店に向かって。そのころから赤い顔をしていた村田の親父さんに、うちの父親が頭を下げて謝った。

その場面は強烈でよく憶《おぼ》えているが、理由を忘れかけていた。

僕がケガをさせた……。

そうだ。あれは村田がガラスで手の甲を切ったのだった。小学校のトイレの引き戸だ。細長いガラスがはまっている戸だった。

休み時間になって走ってトイレに行くと、先に着いた村田がふざけて引き戸を閉めて、僕を入れさせまいとした。僕は開けろよと戸を叩いて、村田は内側から戸を押さえ、それで戸にはまっている細長いガラスがパリンと割れた。つぎの瞬間には村田の手の甲に三センチくらいの赤い線ができていて、すぐに駆けつけてきた先生に、ケガをした手を頭の上まで持ち上げられて保健室へ連れて行かれた。

僕はぼうっとしてしまい、はっと気づくと近くにいた同級生たちが僕のことをじろじろと見ていた。自分がわるいことをしたとはすこしも思わなかったのに涙が流れてきて、僕はみんなの前で泣いてしまった。僕が村田にケガをさせたとみんなに責められているような気がしたからだ。

今回の悟志と同じじゃないか。僕も流血事件を経験していた。血を見ると周りの人間は加害者と被害者を勝手に判断するのだ。血を流しているほうが被害者で、もう一方が加害者。

あのとき僕に声をかけてくれるようなひとは誰もいなかった。学校にいる間ずっと犯人を見るような目で見られて、陰口を言われているような気がした。今思えば被害妄想というやつで、みんなが敵に見えたのかもしれない。家に帰ってからやっと信じてくれるひとが現れて心底ほっとした。母親だ。

「そう。村田君がふざけて戸を閉めたから、啓太が開けようとしているうちにガラスが割れたのね。それは村田君がわるいわ。啓太はなにもわるくない。啓太も危なかったのにね。もう、村田君はどうしてそんな意地悪するのかしら」

説明を聞いて母親は全面的に僕の味方になってくれた。夜になって帰って来た父親に、母親がその日あったことを話し、そのあと僕は父親に連れられて村田の家まで謝りに行った。出かけるときにも母親は「啓太はわるくないのよ」と、父親に訴えていた。あんまり母親が村田のことを悪者にするから、僕は胸のうちで「村田はいつも仲良くしてくれて、いいやつなのに」と、村田に申し訳ない気持ちになった。

父親は母親から事情を聞いても、どちらかに味方するようなことは言わなかった。でも村田酒店の店先で村田の親父さんの前に立ち、「うちの息子がすみませんでした」と深々と頭を下げていた。

あれから小学校六年生までと中学の三年間、村田とずっと友達でいられた。あんな流血事件があったことなど忘れそうになっていた。

夕飯は僕が大好きな、やわらかい鶏肉がたくさん入ったクリームシチューだった。コーンの黄色と人参《にんじん》の赤の彩りがきれいで、そこも好きだ。悟志はちゃんとご飯は食べているが、ほとんど喋《しゃべ》らなかった。

「シチュー、祖母ちゃんちに、持って行く？」

「うん、たくさん作ったからあとで持って行って」

週に一回くらい、シチューやカレーやロールキャベツを鍋ごと風呂敷に包んで届けに行く。たいてい僕が行く。祖母があまり喜ばないから、そんな様子を悟志に見せないほうがいいだろうと、勝手に考えていた。

「悟志、今日はお前が届けに行けよ」

「なんでだよ」

「家の手伝いだよ。それくらいしろよ」

いつもなら僕に言い返して逃れようとする悟志が、今日は大人しく従うようだ。夕飯の食器を台所に下げてから、悟志は風呂敷に包んだシチューの鍋を母親から受け取って出かけて行った。十分ほどしてから僕は「村田に貸したノートを取りに行ってくる」と母親に言ってオーバーコートと手袋を着込み長靴を履いて家を出た。

計算通り、悟志が夜道を向こうから帰って来るところだった。

「おい、悟志、波多野君に謝りに行くぞ」

「え?」

「謝りに行くんだよ」

「うん……」

素直に僕の後ろをついてきた。波多野さんの家は駅前の床屋だ。お父さんが床屋さん、お母さんが隣の店で美容師をしている。歩いて七、八分くらいか。

昼間でも寒いのに、夜の空気は顔面に刺さるように冷たい。鼻の穴のなかが冷気でピリピリする。

父親がいるときであったら、今日のこともぜんぜん違ったのだろう。先生たちが家に来て、謝ったほうがいいと言われたときに、父親ならすぐに悟志を連れて謝りに行ったはずだ。母親が悟志はわるくないと庇ったとしても、やっぱり父親は波多野君の家で頭を下げると思う。

母親はちょっと極端な性格で、バランスがわるいのだ。好き嫌いがはっきりしていて、それが行きすぎてしまうことがある。小さいころはわからなかったけれど、最近はそんな気がしている。だから父親が間に入ってバランスをとってくれるとちょうどいい。母親と祖母の仲も、きっと父親が不在だったせいでわるくなっただけなのではないだろうか。

悟志も僕もなにも喋らないので、長靴で凍った雪を踏む音だけが重なって鳴る。昼間の雪よりも硬くなった夜の雪は、踏む音が高音に聞こえる。

床屋と美容院の明かりはもう消えて、勝手口のほうのドアの窓から明かりがもれていた。毛糸の手袋を外し指でブザーを鳴らすと、食事中だったのか口をもぐもぐさせながら波多野さんのお母さんが戸を開けてくれた。

「日吉です」

「ああ、日吉君」

「あの、弟がすいませんでした」

大きな声で勢いをつけてそう言った。

「あらまあ、わざわざ来てくれたの？　純ー、ちょっとー」

奥に向かって波多野君を呼ぶと、耳の上に大きな絆創膏を貼った姿で現れた。

「あ、ごめんね、あの、弟がちゃんと謝りたいって」

後ろにいた悟志の腕を引っぱると、硬くなりながらも僕の前に来て「ごめん」と頭を下げた。波多野君は仏頂面で「うん」と頷いた。

「まあまあ、寒いからいいのに。気をつけて帰ってね」

頭を深く下げて僕はドアを閉めた。緊張が解けて、全身の力が抜けた。今になって胸がドキドキしていたことがわかった。

「よかったな」

「うん」

悟志も頬をゆるめている。ほっとしているということは、すごく気にしていたのか。嘘をついてしまったことを後悔して、どうしたらいいかわからなくなっていたのだろう。

早く帰らないと母親が心配してしまう。来た道を、こんどは悟志と横並びになって歩き始めた。

「日吉くーん」

後ろから波多野さんの声だ。振り向くと防寒着も着ていない波多野さんが、緑色のセーター姿で走ってきた。足元だけ青の長靴だ。

「ごめんね」

僕らの近くまで来ると、体を前に折り曲げてそう言う。

「いや、悟志がわるいんだから」

「違うの」

「え？」

吐く息で波多野さんの顔に霧がかかったように白くなる。

「純がひどいこと言ったって白状した」

「ひどいこと？」

「うん。うちのお母さんの美容院に、日吉君のお祖母ちゃんも来るじゃない。それで、ほんの冗談で日吉君のお母さんのこと、うちの嫁はどうのこうのって話して、それを純が聞いて、悟志君に言ってからかったんだって。そりゃあ怒るよね。ごめんね、悟志君」

本当だろうかと悟志を見ると、俯いたまま更にアゴを引いて頷いた。

波多野さんは鼻の頭を赤くして僕にまで「来てくれてありがとう」と礼を言う。

「寒いからもういいよ」

「うん。じゃあね、明日ね」

そう言って波多野さんは背を向け駆けだしながら、寒そうに肩をすくめセーターの袖を引っぱって手を入れた。

見送ってからまたふたりで並んで歩き始めた。体が冷え切っているから早く家に入りたい。

「波多野君と、女子の取り合いになったのかと思った」

「そんなわけないだろ」

悟志の声がいつもの生意気な強さになっている。

「さっき祖母ちゃんさ、シチュー、喜んでたか？」

「いいや、迷惑そうな顔してた」

「そうだろ」

「うん」

以前見てしまったことがある。ロールキャベツを届けに行くと、一週間前に届けたシチューがそのまま台所の床に置かれていた。祖母はそれをゴミ袋に捨てて、鍋だけ洗ってよこした。「年寄りには味が濃いんだ」と言いながら。悟志もそれを知ってしまったか。

「せっかく作ったのに、食べないのかな」

「うん。でも、お母さんに言うなよ」

「わかった」

祖母は波多野さんのお母さんがやっている美容院で「うちの嫁は鬼みたいで」と話していたのだろう。それを聞いていた波多野君が「お前の母ちゃん鬼なんだな」とでも悟志に言って、なにも知らない悟志は思わずカーッとなってスコップを振り回してしまったということらしい。

ちゃんと教えてあげよう。父親が僕に教えてくれたときのように、風呂に入って落ち着いてから。悟志は一緒に風呂に入ってくれるだろうか。風呂を嫌がったら、二段ベッドの下の段から話して聞かせよう。

急ぎ足で家に向かった。アスファルトの歩道に出ると薄氷が張っていて、気を抜くと転びそうだ。

道沿いの家から、カーテンを開ける音と窓を開く音が聞こえてきた。軒下が蛍光灯で照らされ、姿は見えないがひとの声がする。

「鬼はーそとー、鬼はーそとー」

「あーさぶ」

「はやく閉めてよ」

硬くなった雪の表面に、豆がいくつか落ちる音が鳴り、すぐに窓が閉められ、カーテンも閉じられた。

「そうだ悟志、帰ったら豆まきだ」

「ああ、そうだった」

「寒いから、窓は開けなくてもいいよな」

「うん」

鬼なんて言葉は嫌なことを思い出すから使いたくはない。鬼なんかうちにはいないと思う。いや、いても別にかまわない。普通、どこの家にも鬼と福の神はセットでいるものではなかろうか。親のどっちかが鬼だったら、どっちかが福の神だとか、そんなセットで。

「お母さん、心配するから、早く帰ろう」

「うん」

「ちょっとでも遅くなったら玄関前に立つからな。仁王立ちで」

「そうだよな」

顔を上げて、悟志は白い息を吐いて笑った。

明日になると、受験日まで十七日だ。

「受験のときにな、緊張しないように、好きな食べ物のことを考えるといいんだって。

村田が教えてくれた」

「お兄ちゃんは、気が小さすぎなんだよ」

いつもの生意気な言い方に戻ったと思ったら、また腹が立つようなことを言い始めた。

「悟志の受験のときも、そうするといいぞって教えてやってんだろ」

「まだ二年もあるけど、いちおう覚えておくよ」

「悟志、なんの食べ物のこと考える？」

「んー、寿司《すし》かな」

「そこは、お母さんの手料理だろ？　あれだけ庇ってもらって」

「じゃあ、お母さんのコロッケかな」

「僕は断然、クリームシチューだな」

夕飯で食べたばかりなのに、またすぐにでも食べたくなった。

受験が終わった日の夕飯に、クリームシチューを頼んでおこうと思った。

耳が痛いほど冷たくて、毛糸の手袋をはめた両手で覆った。それを見て悟志も真似をした。

ふたりで並んで歩くと腕がぶつかり、悟志がわざと押してくる。僕は滑って転びそうになったから、仕返しに悟志の腕を押し返した。悟志がよろけたり、僕がよろけたりの押し合いをしながら、だんだん小走りになって家に向かった。

雪の夜道は街灯が頼りなく灯《とも》って見えるけれど、雪明かりが僕らの行く道を、ずっと先まで明るくしてくれていた。

なつのかげ

昭和四十九年

夏休みの小学生たちが庭の向こうを自転車で走り抜けるのが、開け放った縁側から見えた。甲高い声をあげた男の子の背中に釣り竿《つざお》の先が伸びている。川に行くのだろう。

「フミちゃん、おいけ、はいっていい?」

「いいよ」

裸足《はだし》になった啓太《けいた》が縁側でしゃがんで、片足ずつおそるおそる縁台に下ろしてから庭に出た。

「あ、啓太、お帽子」

「おぼうし?」

赤ん坊の悟志《さとし》を縁側の座布団に座らせておいて私も地面に下りた。帽子の紐留《ひもど》めをアゴの下でしっかり留めて両手でやわらかいホッペを包むと、啓太はにっこりして池に向かう。

悟志の帽子が見あたらないのだが、なくてもだいじょうぶだろうか。子どものいない私にはわからないことばかりで情けなくなってしまう。

「悟志も、おんもに行こうね」

私の麦わら帽子で日陰になるように悟志を抱いて庭に出ると、すでに啓太は池のなかに立ち水面を足で蹴っている。

北国の夏は涼しいだけではなく、カラッとしているのだそうだ。中学生のときに友人の家に農業実習で来ていた東京の大学生がそう言っていた。私は二十八歳の今までこの土地を出たことがなく、東京の湿った暑さというのは知らない。それでも八月の子どもたちはよく日に焼けていて、乾いた空気は太陽の強い光を遮ることをしないからではないかと思う。そのぶん影は色が濃くはっきりしている。

「あ、啓太、そこでしゃがんだらお尻が濡《ぬ》れる……」

池のなかでしゃがんでしまった啓太は、半ズボンをびしょ濡れにした。

「フミちゃんごめんなさい」

口をへの字に結んだ啓太のホッペがぽってり垂れ下がって見えた。

「いいのよ、啓太。あとで全部お洗濯するから、どんどん濡らして」

はじめからズボンを脱がさなかった私がわるいのだから、すぐに笑って見せた。啓太は泣かなかったもののそれ以上濡らさないように、立ったまま池の周りの土に水をかけて遊んでいる。

この小さい兄弟は私の従兄《いとこ》の子だ。啓太は大阪万博の年に生まれて四歳になったばかりで、弟の悟志は二歳下の一歳十カ月。この子たちの父親である和夫《かずお》さんは、私の父の甥《おい》。つまり和夫さんの父親である勘吉《かんきち》伯父さんと私の父は、腹違いではあるが兄弟という関係だ。

「あ、そうだ。啓太」

手持ちぶさたの啓太を見て今朝伯父さんに言われたおもちゃのことを思い出し、縁台の下に手をのばした。

「祖父《じい》ちゃんが作ったお舟があるよ」

勘吉伯父さんが孫のおもちゃにと、勤め先の材木工場から板の切れ端を持ち帰って切り口にヤスリをかけた。

「おふね?」

ただの三角の板を啓太はつまらなそうに受け取って池に放り投げた。都会では空気を入れて膨らます丸いビニールプールを庭に置いて子どもを遊ばせているというのを、勘吉伯父さんは新聞で見たそうで、自分の家の庭に穴を掘ってビニールシートを敷き周りに石を敷き詰めてくれた。その穴に私がバケツで水を汲《く》んで池ができた。

この家の節子《せつこ》伯母さんも、伯父さんと同じ近所の材木工場に夕方まで働きに行っている。私ひとりの子守りでは川遊びに連れて行くのは危ないから、この池くらいがちょうどいい。

抱いている悟志が下りたそうに背中をのけ反らせてむずかる。わきの下を両手で支えて足の先だけ水につけてみた。

「ほら、お水だよ。気持ちいいね」

冷たい水に驚いた目をしてから悟志は、キャッキャッと嬉《うれ》しそうな声をあげて足を曲げ伸ばしした。

「フミちゃんもはいる？」

啓太がそばに来て丸い目で私を見上げる。

「私が入ったらお水が溢《あふ》れて、啓太はぶくぶくって沈んじゃうよ。それでもいい？」

「やだー」

啓太と私が笑い声をあげると、悟志もつられてケタケタと笑った。思わず腕に力を込めて悟志を抱きしめて頬ずりした。

こんなに幸せなことが、私の人生にあったのかと心の底から驚いている。可愛《かわい》いふたりの男の子が私だけを頼りにしてくれている。

隣町にある実家から、汽車で一時間かけて子どもたちの世話に通って来てもう四週間になる。節子伯母さんが子守りを探していたときに、ちょうど仕事を辞めて家にいた私のことを思い出したようで電話で呼ばれた。和夫さんが出張に行ってからここ二週間は泊まり込むようになった。子どもたちがなついてくれているし、伯母さんがそうしてほしいと言うからだ。

庭の前の通りにバイクが停《と》まり、郵便配達員が向かいの家の玄関口まで届けている。啓太がそれを池のなかからじっと見ていた。

「うちのおてがみは、ないね」

幼いながらも母からの便りを待っているのだろうか。

「そうね。お手紙、明日来るかな？」

子どもたちの母親は道子《みちこ》さんという。体の具合がすぐれなくて町はずれにある実家に帰っている。車で二十分くらいの場所にお父様がひとり暮らしなのだそうだが、そこで床《とこ》に臥《ふ》せっているのだろうか。入院するほどでもないらしいのだけど、もう一カ月近く子どもたちに会っていない。

「フミちゃん、これ、はい」

「あ、ありがとう」

啓太が木の葉を洗って手渡してくれた。鮮やかな黄緑色の白樺《しらかば》の葉が、水に濡れてきらきら光っている。

「きれいだから、お父さんに見せようか」

「うん、おとうさんにみせる」

和夫さんは私の四歳年上の兄と同じ年で、子どものころお正月やお盆になると祖父の家で会った。弟と妹を小さいころに病気で亡くしているからか私を妹のように可愛がってくれ、大雪が降ったお正月に男の子たちでかまくらを作ったときには「フミちゃんの部屋だよ」と、屋根のない私専用のかまくらを作ってくれたのをよく憶《おぼ》えている。お互い進学や就職で忙しくなると会う機会もなくなり、十数年ぶりの再会となると従兄といえども最初は気恥ずかしかった。ましてや私は親戚から「出もどり娘」と噂《うわさ》されているようで、それは和夫さんの耳にも当然届いているはずだった。

わるい噂の出どころはここの節子伯母さんらしいのだが、私が子守りに来るようになってから手のひらを返したように持ち上げる。

「フミちゃんが嫁だったらどんなによかったか。あんなんじゃなくてさ」

嫁への不満を言うたびに伯母さんは眉間にしわをたてる。一度だけ反論した。

「伯母さん、そんなこと子どもたちに聞かせないほうがいいわ」

「わかりゃあしないよ。あんなに小さいんだから。今だったらフミちゃんが本当のお母さんってことになりそうなのに」

「そんなことない。啓太はお母さんのこと覚えてるわよ」

「そうかね。帰って来られても困るんだよね。体が弱い嫁くらい無駄な貰《もら》い物《もの》はないね。病院通いのあいだは実家にいてほしいよ。フミちゃんは健康でこんなに元気なのにね」

返事に困って私は口をつぐんでいたが、嫁ぎ先の姑《しゅうとめ》にも健康な嫁で儲《もう》けものだと言われたことを思い出し唇に引きつりを覚えた。姑には申し分のない嫁だと言われても、夫婦が上手《うま》く行くとは限らないのに。

「フミちゃん、ここかゆい」

「どれ、見せて」

いつの間にか啓太の二の腕に三カ所、虫刺されが赤く腫れていた。キンカンを探しに悟志を抱いたまま家に入り、置き薬の箱や引き出しを見て茶簞笥《ちゃだんす》の隅に立ててあるのを見つけた。蓋についているスポンジで腕に塗ってあげると、啓太はそこをぽりぽり掻《か》きながらまた池に駆けて行く。昨日の使いかけの蚊取り線香に火をつけ皿を地面に置き、膝《ひざ》の悟志と縁台に腰かけて煙が池のほうへ行くように団扇《うちわ》であおいだ。

一昨年《おととし》の夏までは数十巻も入った缶の蚊取り線香を買っていた。裏が草むらで蚊がよく入ってくる家に四年間住んでいた。あの赤い屋根に白い壁の家で、別れた夫はまだひとりだろうか。

同じ食堂で働いていて知り合った元夫とは、二十二歳同士で若い夫婦と言われた。所帯を持つときに中古の一戸建てを親からの資金で買い、夫は生活のために長距離トラックの運転手になった。自分の両親も夫の両親も同じ町のなかに住んでいるという、この辺ではよくある家庭だ。

想像すらしていなかった出来事は、事故にあうくらい突然だった。働いていた食堂の同僚に「旦那さん、帰って来たんだね」と言われた日は、夫が関東地方へ運送に行き、まだ釧路港《くしろこう》までも戻っていないはずの日だった。

「帰るのは明日だよ」

「そう？　さっき西町《にしまち》公園の近くで車見かけたんだけど」

夫の車は釧路の会社の駐車場に置いてあるはずだった。昼休み、夫の会社に電話をすると確かにその日の夜明けごろに帰って来ている。食堂の仕事を終えて夕方帰宅しても夫はおらず、思わず自転車で西町公園に向かっていた。

車を捜しながら一軒一軒見て回ると、夫の白いカローラが停まっていた。二階建てで部屋が四つある、独身寮らしき建物の前だ。夏のことで、一階の開け放った窓から声が聞こえていた。よく通る女の笑い声と、それに重なるふっふっふっと息を吐くような特徴ある笑い声。

足がすくんで近くまでは行けなかった。そのまま家に帰り錐《きり》で突かれたようになっている胸に手をあてて、ただじっとしていた。長椅子に座ったまま、そこから一歩も動かずにいた。

翌日の朝七時前、夫はやけに明るい表情で玄関から入って来た。いつもよりも張りのある声で「ただいま」と。

私の肩にもたれかかっていた悟志が急に重くなった。細い鼻息が首にやわらかくあたっている。眠ったようだ。頭に手を添えて、胸を合わせるようにしながらそっと布団に下ろした。赤ん坊の肌は離れるときにせつなさを覚える。それは幸福なせつなさ。

よその赤ちゃんが母親の肩に頬をうずめて眠っているのを町で見かけると、足を止めて見つめていたものだ。その温かい光景が今は私の身に起こっている。そう実感するとこの温かさを失いたくないと欲張ってしまう。このままずっとこの子たちの母親として、和夫さんの妻として暮らして行くことはできないだろうか。ここに来たときにはちっとも考えていなかったことなのに、伯母さんの言葉を繰り返し聞かされたせいかもしれない。

「従兄妹《いとこ》同士っていうのは、昔はいくらでもあったんだよ。うちの両親だって、従兄妹同士で一緒になったんだから。それにフミちゃんのお父さんとうちのお父さんは、腹違いの兄弟だからね、本当はそんなに近い血縁でもないのさ」

そんな言葉を聞いているうちに、現実として想像するようになった。それにここに子守りに来始めて三日もすると、子どもたちを寝かせたあと和夫さんとよく話をするようになった。別れた夫とのことまで打ち明けてしまったのに、和夫さんは親や兄のように諭すことはせずただ話を聞いてくれた。肉親ほど近くなく他人でもない、ほんのすこし同じ血が流れている和夫さんは私の特別なひとだと思った。

「そろそろなかに入ろう。おやつ食べて、お昼寝だよ」

ついに池のなかに座り込んでしまっている啓太に声をかけた。

「おやつ？　やった、おやつ」

濡れた服を脱がせて足を洗う水を汲んでおいたバケツを取りに、お勝手口のほうへ数歩進んだとき、視界の隅に人の気配を感じた。首を右に振ると通りをはさんだ家の壁に隠れるように立っていた黒っぽい人影が、壁の陰へすっと消えた。

「道子さん？」

とっさに声が出たが、相手に聞こえるほどの声ではない。そんな気がしただけで向かいの家のひとかもしれない。実は道子さんには一度も会ったことがない。結婚式には仕事で出席できず、写真を見せてもらったことがあるだけ。実家に送られてきた記念写真の道子さんは、文金高島田《ぶんきんたかしまだ》があまり似合わない丸顔で目が大きく利発そうなひとだった。

もしかすると子どもたちのことが心配で、こっそり見に来たのではないだろうか。

「フミちゃん。おうち、はいっていい？」

「あ、ちょっと待って、足が汚れてるから、お水で流してからね」

啓太の腰から下にバケツの水をかけて、タオルで拭いてから着替えさせた。たっぷり日光浴をしたからか、ビスケットを三枚食べたあと悟志と同じ布団に横になってすぐに昼寝をしてしまった。

汚れた服とタオルを手洗いして庭の物干《ものほ》し棹《ざお》に干した。さっき人影が見えた壁をなんども窺《うかが》ったが人の気配はない。やはり気のせいだったのだろうか。

洗濯桶《せんたくおけ》を片づけてから通りに出て、向かいの家の近くまでゆっくり歩いてみた。無意識に手足が強張《こわば》り胸の鼓動が高鳴っているのがわかる。人影の見えた壁の側面に首をのばしてそっと覗《のぞ》き込んだ。

そこには薄茶色のモルタルの壁があるだけだった。壁だけであることにむしろぞっとする。窓も戸も耕具さえもなく人が歩かない場所としか思えない。家に戻りながら背後に視線を感じるような気がして振り向かずに駆けだした。

見間違いなのだと自分に言い聞かせ、落ち着くまでじっと子どもたちの寝ている姿を見ていると、啓太が寝汗をかいている。額を拭いてあげたハンカチで自分の首筋の汗も拭った。

私の後ろめたい思いがまぼろしを見せたのかもしれない。いけないとはわかっていても、心の奥底で道子さんがずっと戻ってこないことを望んでしまう。

道子さんはなんの病気なのか和夫さんはいつもそのことには触れず、私も訊《き》いてはわるいような気がしていた。和夫さんが出張に行ってから思いきって伯父さんに訊いても「子育てで疲れたみたいだ」としか教えてくれない。伯母さんは「体が弱いなんて聞いてなかったんだよ。嫁入り前は隠してたんだろう」とぼやいていた。写真では病弱そうには見えなかったが、こんなに可愛い子どもたちを置いて行くほどだからよほどのことだろう。

「だぁだぁ」という声がしてはっと気づくと、いつの間にか目を覚ましていた悟志が澄んだ瞳で私を見上げていた。

二週間ぶりに和夫さんが帰って来ると、夕飯を囲む食卓がいっきに明るくなった。啓太はそれまで平気そうにしていたのが嘘《うそ》だったのかと思うほど、さっきから父親に甘えてそばから離れない。私の複雑な顔に気づいて和夫さんは「啓太はお父さんがいないあいだ、フミちゃんにもこんなに甘えてたのか？　フミちゃん疲れて痩せちゃったじゃないか」とからかった。

「そんなことないよね。お利口さんだったよね。啓太はお兄ちゃんだから我慢してたんだね」

私がそう話しかけると、啓太は目に涙を浮かべた。こんなに幼いのに本当はずっと無理をして笑っていたのかと思うともらい泣きしそうになった。

悟志のほうはまだ小さいからか私の腕のなかでいつも機嫌よく、父親に久しぶりに抱かれたときのほうが目を丸くしていた。悟志は食欲旺盛で、ほ乳瓶のミルクと味噌汁《みそしる》の豆腐とジャガイモをスプーンで潰したものをよく食べる。お粥《かゆ》は伯母さんが自分たちのために作るものを悟志のぶんも分けてもらう。土鍋に入ったお粥をもらいに行くたびに、嫌味のようなことを聞かされる。

「この子はよく食べるのにねえ。どうして歩けないんだろうね。こんなに遅い子は見たことないよ。抱き癖をつけるからだよ」

伯母さんの言葉は道子さんに対して言っているはずだったが、だんだん私が言われているような気がしてきた。「子どもがいると落ち着かないからお勝手で食べるよ」と伯母さんはそちらで食事をする。勘吉伯父さんは同じ食卓で食べてくれるが、耳が遠くほとんど喋《しゃべ》らない。食事を早くすませると窓辺の座布団に胡坐《あぐら》をかき新聞を読んでいる。

「味噌汁のおかわりある?」

和夫さんがお椀《わん》を差し出した。

「あるわよ」

今日は子どもたちのとは別に、和夫さんのためにナスの味噌汁をつくっておいた。やっぱり口に合ったらしい。

「はいどうぞ」

「うん」

子どものころお盆に集まると、祖母がナスを焼いて味噌汁に入れてくれた。それを和夫さんはとっても嬉しそうに食べていた。

和夫さんの癖も憶えている。考えごとをするときに頭の後ろの毛を指の先で引っぱる。

小さいころは手をつないでもらったし、背中に乗ったこともある。和夫さんの手はすごく温かくて、首筋からは兄とは違う汗の匂いがしていた。

啓太は和夫さんが添い寝をし、私は悟志と同じ布団に入りお腹《なか》をとんとんしながら寝かせた。まん中に子どもたちの小さい布団がふたつ並んで、その両脇に和夫さんと私の布団が敷いてある。ずっとこうして寝ていたと錯覚をするくらい本物の家族のようだ。眠りにつくまで幸せを感じていられる。

子どもたちが寝息をたててから、しばらく布団のなかで和夫さんと話をした。和夫さんの仕事のことを聞いてから、私の家族の話になった。

「夫が浮気したときにね、親もお兄ちゃんも友達も我慢しなさいって言ったのよ。ちょっとした遊びだったんだから、男にはそれくらいの甲斐性《かいしょう》があったほうがいいんだ。別れても、生活に困るのは女のほうなんだからって」

「そうか。そんなこと言われたんだ」

「でも私、我慢しなさいって言われると我慢できなくなった」

「はは、フミちゃんらしいな」

「私の悲しい気持ちはどうなるんだろうって。私のなかにあった、どうしようもないほど寂しくて、魂が半分つぶれたみたいだった気持ちはどうしたらいいんだろうって。相手の女は高校の同級生だったらしいんだけどね、夫もその女もみんなの前で恥をかかせて痛めつけられたら、私が夫のことを好きだった気持ちが報われたはず」

つい声が大きくなって、寝ている子どもたちを窺いながらその先は囁《ささや》き声《ごえ》にした。

「大人げないからそんなぶざまなことはできなかったけどね。我慢するってことはそれまでの夫との生活も、夫を愛していた気持ちも、嘘だったことになると思ったの。こんな話よくわかんないよね」

「いや、よくわかるよ。本当に愛していたからこそ許せなかったってことだろう?」

ちょっと気どって話してしまったのに、和夫さんは優しい声で返してくれる。

夫が浮気したときどうするべきだったのか、本当はまだ答えが出ていない。夫とその相手を痛めつけたら元の夫婦に戻れたかというと、そうでもないような気がする。

やり直そうとして半年間は何ごともなかったかのように夫と生活した。夫は「ほんの数カ月のつき合いだった」と謝ってくれたのだし、みんなが言うように時間が解決してくれるものと信じて。

ところが心の傷は癒えるどころかじくじくと化膿《かのう》していたらしく、いつしか手遅れになっていた。夫が話す言葉も私に触れる手も、前とは変わっていないはずなのに愛情と受け取ることができなくなってしまった。

啓太が夢を見ているのか泣き出しそうな呻《うめ》き声《ごえ》をあげた。和夫さんが布団の上からとんとんとあやすとまた静かに眠った。

あのころの私は夫に愛されていないと感じ始めると、どんどん自分のことも愛せなくなっていった。夫の愛情を毎日何回でも確かめていればよかったのだろうか。ずっと愛していると言い続けてもらえば安心できたのだろうか。それがたとえ嘘であっても。

夫は愛情表現などしないひとだった。

「和夫さんはどう？　道子さんが浮気したら許せる？」

腕で枕を高くして、天井を向いている和夫さんの横顔を見ながら尋ねた。

「どうだろう。そういうことをするタイプじゃないけど、もしそんなことがあったら……しょうがないってあきらめるかもな」

「それじゃあ、本当に愛していないみたいじゃない？」

「そうかもな。道子とは上司の紹介で知り合ったんだけど、結婚して七年経《た》ってもどうもわかり合えていない。僕が出張が多くて家にいないせいもあるけど、あんまり性格が合わないのかもしれない」

「そうなの？」

口をついた言葉が弾んだ口調になって、あわてて目を和夫さんから逸《そ》らした。

「フミちゃんだったら、おだやかで考えていることもわかるんだけどね。道子はわがままなところがあって、何を考えているのかわからなくなる」

眠くなったからか和夫さんは何気ないような声でそんなことを話す。

「そう……」

こっそり開いたアルバムにあった新婚時代の写真は、ふたりの幸せそうな笑い顔ばかりが写っていたけれど。あれから七年で、道子さんにどんな辛《つら》いことがあったのだろうか。最初から性格が合わなかったわけではないだろうに。目をつぶったまま、その先も和夫さんは続ける。

「体の具合がわるいって言っているけど、本当は違うんだ。僕の妻であることにも、子どもたちの母親でいることにも、自信がなくなったって言って」

「そうなの……」

秘密のようなことまで聞かされると、道子さんの立場を考えてしまう。思い浮かべた道子さんの顔が、どんどん寂しげになっていく。私が長椅子に座ってじっと動かなかったときのような、愛されることに自信がなくなってしまった顔。

道子さんは夫が浮気したわけでもなく可愛いふたりの子どもに恵まれて幸せなのに、どうして自信がないのだろう。考えているうちに眠ってしまった。

和夫さんは二日間家にいられるそうだ。庭の池の水をいったん抜いてビニールシートを乾かしてきれいな池を作ってくれた。水着を着た啓太がそこに立つと、和夫さんが買ってきたホースで噴水のように水を高く飛ばした。頭から水を被《かぶ》って啓太はきゃーきゃーと声をあげて飛び跳ねている。

「悟志もやる？」

抱いていた悟志を裸にして池の端に下ろす。座る前に一瞬足を突っ張らせたのを見て、手を引いて立たせようとしてみた。足の力は強いのにまっすぐになる手前で力をゆるめて座ってしまう。なんどか手を引いてみたが同じだった。顔はニコニコしているので、切実に立ちたいという気がないのだろうか。今にも歩けそうな気がするのだけれど。

「フミちゃん」

和夫さんに呼ばれて顔を上げると、頭の上のほうを目がけて和夫さんがホースの水を噴射して悟志と私は頭から水を浴びた。

「きゃー、冷たい」

びしょ濡れになった私を見て、啓太と和夫さんが声をあげて笑った。

「やめてー、もう、びしょ濡れよー」

髪が濡れて顔に水がしたたり落ちている自分の姿が可笑《おか》しくなってきて、笑っているうちに止まらなくなった。啓太と悟志が笑っているとつられてよけいに笑ってしまう。なんだか久しぶりにこんなに大笑いをして、子どものころに戻ったような気がする。和夫さんも子どものころに見たのと同じ少年の顔をしていた。

「あ、フミちゃん、さとしおしっこしてるよ」

「え、あああー悟志、ちょっと待ってー」

あわてて悟志を後ろ向きにして、わきの下に手を入れて庭の隅に抱えていった。後ろからふたりの笑い声が聞こえている。

「ここでしてね」

悟志の体を支えながらふと顔を上げた。視線を感じたからだ。このあいだ人影が見えたと思ったその同じ場所にまた誰かがいる。顔を上げた瞬間に壁の陰に消えた。目を逸らすのが怖くて、その壁をじっと見つめてまた現れるのを待っていた。人物の残像が見えるような気がするだけで何も現れてくれない。あそこまで行ってみようとしたときに、エンジン音が聞こえてきて激しい動悸《どうき》がふっとしずまった。郵便配達のバイクが壁と私の間を通り過ぎて行く。後ろから「フミちゃん」と啓太の呼ぶ声がして、悟志を抱き上げて引き返した。


道子さんが緊急入院したと電話がきたのは、その日の夜の十時過ぎだった。和夫さんが着替えてバイクで出て行くと、物音に目を覚ました啓太は父親に置いて行かれたと思ったのかぐずぐずと泣き出した。啓太を膝の上に抱いて背中をさすっていると、悟志まで目を覚まして夜泣きを始め、ふたりを膝と腕で抱えるようにあやしていた。

伯母さんが起きてきて襖《ふすま》を開けると「まあ、賑《にぎ》やかだね。静かにさせてよ、明日も早いんだから」と顔をしかめて、また襖を閉めてしまった。ひとり言めかして「やっぱり親じゃないからかね」と嫌味を呟《つぶや》いたのははっきり聞こえていた。

泣き疲れたようにふたりともが寝て、和夫さんのバイクが家の前で停まったのは夜が明けるころだった。私は子どもたちをそっと布団に寝かせて居間に行った。

ビニール茣蓙《ござ》を敷いた床に足を投げ出して、和夫さんは疲れ果てた顔をしている。

「道子さん、わるいの？」

こちらを見ずに和夫さんは足を胡坐に組み直した。

「うん、風邪薬をね、たくさん飲んじゃったんだって」

「え」

大きな声になり口を押さえると和夫さんは私を見た。

「死のうとしたわけじゃない。眠りたかったらしい」

胸がつまったようになり夢中で息を飲み込んだ。

「胃の洗浄をしたから、もうだいじょうぶだって医者が言ってた」

「そう、よかった」

道子さんが死んでしまったかと思ったので、力が抜けてその場にへたり込んだ。

やはり昼間見えた人影は道子さんだったと確信が湧くと、楽しそうに子どもたちと笑ってしまったことや、それに幸せを感じてしまったことがとてつもなく罪なことに思える。

「目は覚ましたんだけど、向こうを向いて、僕の顔を見ないんだ。避けてるみたいに。もう嫌なのかな」

「そう」

「このまま、帰らないつもりかもな」

「そうなの」

道子さんの本心がよくわからない。本当に帰りたくないのだろうか。和夫さんへの愛情はもうなくなったのだろうか。

しばらく俯《うつむ》いていた和夫さんが、正座している私のお腹に抱きついてきた。啓太がいつもそうするように、私の両膝のあいだに顔をうずめている。不意のことで夢を見ているようだった。

和夫さんの息が寝巻きから太腿に伝わってきて熱い。泣いているみたいで和夫さんはそのままじっと動かない。私は頭をそっと撫《な》でてあげた。子どもたちに抱きつかれているときとは違う、体の芯が熱くなるような幸せを感じてしまっている。

「ねえフミちゃん」

やっと頭を上げた和夫さんは目が真っ赤だ。

「なに？」

「フミちゃんさえよかったら、ずっといてくれないかな」

驚いたふりをしているが、私は和夫さんのこの言葉を待っていたのかもしれない。

「子どもたちも、あんなになついているから」

「子どもたち？」

「うん。啓太も悟志も、フミちゃんのこと大好きみたいだ」

「啓太と悟志？」

もしかすると遠回しに伝えようとしているのかと思った。

「和夫さんは、どうなの？」

「僕もそうだ」

「そうって？」

「フミちゃんなら、安心して家を任せられると思う」

真顔で和夫さんはそんな言葉を伝えてきた。とても冷たく私の胸に届く。

「和夫さん」

「え？」

「和夫さんて、女心がわからないわね」

ふりしぼってそう口にしたのは半分すがるような思いからだ。和夫さんの本心はほかにあるはずだと信じたくて。

「そうだな。ごめんね。フミちゃんのいいところは、子どもたちに優しくて、お袋とも上手くやってくれるところで」

「そういう意味じゃないの」

　思わず首を大きく横に振っていた。

「子どもたちのためではなくて、伯母さんのためでもなくて、もっと別の……ちゃんと私の……」

　その先は言ってはいけない気がして和夫さんの顔を見た。この目を見ていたら道子さんになったような、不思議な感覚になるのはなぜなのか。

「和夫さん。私だって道子さんと同じ」

　道子さんは自信がないと言って出て行った。その気持ちが今ならわかるかもしれない。

「この家にずっといられる自信がないわ」

　正座したまま後ろにずり下がって、和夫さんからすこし離れて背筋をのばした。

「和夫さんは夕べ私がおだやかで、考えていることがわかるって言ったでしょ？　私、おだやかじゃないし、私の考えていること、和夫さん、なんにもわかっていないわよ。子どもたちが泣きやまないと、どうしていいかわからなくてイライラする。節子伯母さんなんか大嫌い。ずっと一緒に生活するなんて、絶対にいや」

　つい激しい口調になってしまっている。さっきまでの、甘えたような和夫さんの顔が俄《にわか》に真顔になった。

「和夫さんはお兄さんみたいに私のことをわかってくれるけど、それだけのひとよ。和夫さんが出張しているあいだ、私はあんなに口のわるい伯母さんと暮らして、子どもの世話をしてくたくたになっているのに、帰って来てからありがとうも言ってくれない。ずっと心配してたよって伝えてくれたっていいじゃない。電話やハガキをくれてもいいじゃない」

怪訝《けげん》な目で和夫さんはとりあえずというように「そうか」と言った。

「和夫さんは夫婦になっても愛情表現はしないでしょ？　言わなくてもわかってくれるって思い込んで、きっと何もしてくれないわ。私はそんな寂しいのは我慢できないと思う。会いたかったたって言ってほしいし、一緒に手をつないで歩いてほしい。そういうことできる？　道子さんにそういうことをしてた？」

自分の声に険があるのはわかっている。和夫さんは首を横に振って下を向いてしまった。

「やっぱりそうでしょう。愛情表現してもらえないと魂がどんどん萎《しぼ》んじゃうのよ。我慢しているともっと萎んじゃう。子どもの世話をするためにいるだけで、愛されていないんじゃないかって、いじけちゃうのよ」

心の片隅に閉じ込めていたことなのに。

「ごめんなさい、こんなこと言って」

「いや、その通りだ」

和夫さんは見たことがないほど悲しそうな顔をして、頭の後ろの毛を指先で引っぱった。

「道子もそういうことしなかった」

窓のほうを見て和夫さんはそんな言葉を吐き捨てる。

「久しぶりに帰って来ても、嬉しそうじゃなかった」

こちらを向いた和夫さんは怖い顔になっている。私は叱られているようで視線から逃れて目を伏せた。「ごめんなさい」ともう一度口にしながら、誰に対してなのか自分でもわからなくなっていた。

別れた夫が長距離の仕事から戻ったとき、私はどんな顔を見せていたのだろう。早朝で寝ていることも、食堂の仕事に行って留守のこともあった。遠くの宿から電話をもらったとき「待っているからね」と言えばよかった。家で「おかえり」と迎えていれば。「会いたかった」と言っておけば。たまには手紙でも書いて、「愛している」と伝えてみたらよかった。心のなかにはちゃんとあったのにどうしてしなかったのか。私は夫のことを血がつながっている姉弟《きょうだい》か親子、もしかすると一心同体のように見ていたのかもしれない。言わなくても、わかってもらえるだろうと。

和夫さんが出張に出かけた月曜日、私は荷物をまとめて帰り支度をした。前の日に言っておいたので仕事を休んでいた伯母さんは、「帰んなくてもいいじゃないか、フミちゃん。どうせその年じゃあ嫁の貰い手なんかいないだろう？　子どもだって一生持てないかもしれないよ」と私を引きとめた。

「伯母さん、道子さんだって伯母さんと暮らせば具合がわるくもなるわ。和夫さんに電話して、休暇届を出して帰って来てもらってちょうだい。伯母さんには子どもたちもなついていないから」

怒りにまかせて言う私を伯母さんは無言で睨《にら》み返す。廊下で泣き続けている啓太と悟志に「だいじょうぶよ、もうすぐお母さんが帰って来てくれるわよ」と声をかけてひとりずつ抱きしめた。そして振り向かずに玄関から飛び出して戸を閉めた。

蟬《せみ》の声と重なって子どもたちの泣き声が聞こえてくる。声が聞こえなくなるところまで、夢中で走った。夏の日差しに蒸れた草の匂いが、どこまでもまとわりついてきた。

仕事からの帰り道にあるビルの前で足を止めた。重そうなガラス扉の奥に「占」の白い文字が見える。赤くペンキを塗ったベニヤ板にその文字が書いてあり、黒いカーテンで仕切られた階段下にひとが座っている。ここにあるのはずっと前から知っていたけれど、お客さんが入っているのを見たことはない。

和夫さんの家から実家に戻り、数日ぼんやりしていると寂しさが募って歩く気力さえ失いそうになった。とにかく外に出ようと働き先を探し、見つけたのは市街のレストランでの配膳の仕事で、朝から午後二時まで一日五時間の勤務だ。ようやく最近慣れてきて心に余裕が出てきた。

占い一件五百円という文字を見つめていると、カーテンの内側に座っているひとと目が合った。まぶたに青いシャドウを塗り、長い黒髪に黒い服装の、四十歳ぐらいの女のひと。本物の魔女みたいだ。そう思うと同時にガラス扉を引いていた。

「どうぞ」

低い入口を屈んで入り、丸椅子に腰かけた。

「手相を拝見しましょう」

机の上に開いて置いた私の両手を、大きな虫眼鏡でよくよく点検したそのひとが、虫眼鏡を手から顔へ移動させたので、レンズ越しに大きな瞳と見つめ合うことになった。

「あなた頑固ね。よく言うと意志が強い。思ったことはやり通すタイプ。こつこつ頑張って、欲しいものは手に入れないと気がすまない」

「はい、そうかもしれません」

「一度結婚したら、一生添い遂げて、別れるようなことはしない。我慢強いから、多少の困難は自分の力で乗り越えてしまう」

真実が見える魔女だと思ったのに、嘘つきの魔女だったのかとがっかりした。

「はあ」

「お悩みは？」

入る前には「失恋をしたので、つぎの恋がいつできるか」という質問が浮かんでいたのに、どうせ当たらないと思うと投げやりになってしまった。

「好きなひとがいるのですが、結ばれるかどうか」

もう一度手を見て占い師が言う。

「その方とは知り合ってどのくらいになるの？」

「あの……子どものころから、知っているひとです」

「それならだいじょうぶ。上手く行くわ」

「でも、本当は一カ月くらい前にお別れしたんです」

「待ってくれている。絶対に。まだまだやり直せるわ。あなたは、その方と結ばれるでしょう。そして一生添い遂げる」

「そんなことも手相でわかりますか？」

「手相ではなく、私の直感。それがいちばん当たるの」

自信ありげに女性は笑みを浮かべる。私は五百円札を置いて椅子を立った。当たらない占いかもしれないのに、なぜか私も微笑《ほほえ》んで頭を下げていた。

ビル一階の靴店をぶらぶらと見て歩いた。手に取ったのは啓太が水遊びのときに使えそうなビニールサンダルと、悟志が歩きやすそうな軽い靴。しばらく迷ってから思いきって両方買い、大切に胸に抱えて出口に向かった。

帰りの汽車の時間までまだ四十分近くある。ガラス扉の内側にある細いベンチに座っていることにした。

陽《ひ》が傾き始めても、強い日差しがアスファルトを照らしているのが見えた。日曜日の午後はいつもよりも人通りがある。

十五分ぐらい経っただろうか。子どもの声がしてはっとした。耳に馴染《なじ》んだはしゃぎ声だ。その姿がガラス扉の向こうを左から右へ駆けて行った。啓太だ。

「こら啓太、危ないよ」

あとを追って通り過ぎるひとがいる。

「和夫さん？」

まぼろしかと、一瞬思った。でも和夫さんだった。あのときよりも耳の周りがきれいに散髪されていた。

悟志の姿が見あたらない。もしかすると道子さんが悟志を引き取って、兄弟が離れ離れになったのかもしれない。

思わず立ち上がりガラス扉に額をつけるようにして、後ろを覗き込んだ。

「悟志……」

悟志がいた。小さな白い靴を履いてトコトコと歩いている。手を引いているのは青いワンピースの女性……道子さんだ。悟志の足元を心配そうに見ながら、腰を折り曲げてすこしずつ前へ進んでいる。

歩道の先で啓太と和夫さんが振り向いて待っていた。ふたりのところまで悟志が追いつくと、道子さんはやれやれというように悟志を抱き上げた。

私はガラス扉を開け表に出て、遠ざかっていく四人家族の後ろ姿を眺めた。

和夫さんが啓太を高く抱き上げると肩車をする。そして右手を差し出し、道子さんのほうを見る。道子さんがその手を左手で握った。

四人の影がひとつの模様のように歩道に映っている。その縁《ふち》がいびつな線を描いているのを、私はただじっと見つめていた。

おきび

昭和四十二年

薪《まき》を取りにお勝手口から表に出ると、西の空が薄い朱色に染まっていた。吸い込む空気はいくぶん冷えて味気ないほど澄んでいる。

北国の田舎道でも駅前からここまで一キロぐらい舗装され、土埃《つちぼこり》が立たなくなったからだろうか。こんなに清々《すがすが》しくなると、むしろ東京オリンピック前の、風が吹くたびに白く舞い上がっていた土の匂いが懐かしい。

風呂がそろそろ沸くころだ。今日は結婚式のために兄姉家族が泊まりに来て人数が多いので、あとから釜にくべる薪を物置から数本運んでおいた。風呂桶《ふろおけ》からつながっている釜は、お勝手口のほうに回った土間にある。

父の大きな下駄《げた》を椅子代わりにしてしゃがみ、焚《た》き口《ぐち》から差し込んだ火箸で焼けた薪を軽く砕いて灰の上に広げた。空気に触れると目覚めたように芯から赤く光るおきびを見るのが好きだ。一瞬はっとしたように眩《まぶ》しく光ったあとゆっくりと落ち着いた赤銅色になる。

「道子《みちこ》おばちゃん、あっちの座敷で遊んでいい?」

「うん。いいよ」

小学生の甥《おい》と姪《めい》たちがはしゃぎ声をあげて賑《にぎ》やかに廊下を駆けて行った。

重い蓋を持ち上げて焚き口を閉じた。十五歳から今日までの九年間、風呂焚きはわたしの仕事だったから手順は体が憶《おぼ》えている。軍手をして物置から薪をひと抱え運び、細い薪を釜のなかに上手《うま》く重ねながらくべる。焚き付け用の新聞紙と木の皮、昨日の消し炭を隙間に差し込み火をつける。ときどき火箸で空気を通し、よく火を熾《おこ》してから太い薪をくべる。入れた薪をじっくりまんべんなく燃やして炭が赤くなっている状態、「おきび」にするのがコツだ。

手にしていた火箸が煤《すす》だらけなのに気づき、ちぎった新聞紙を丸めて、銀色に光るまで外側と内側を丁寧に磨いた。

風呂焚きも今日で最後かと思うと、寂しさよりも不安のほうが大きい。この仕事をつぎから父ひとりでできるのか。最初こそ父がやり方を教えてくれたとはいえ、この九年間やっていなかったことをすぐにまた思い出せるだろうか。

そんな心配はあとにしようと立ち上がりお勝手に入った。明日の結婚式は公民館で十時から、披露宴は十二時から行われる。朝の七時に美容院に行き髪を結ってもらい、着付けは公民館の控え室ですることになっている。

「お風呂沸いたよ」

開け放ってあるガラス戸口に立って、狭い居間にいるふたりの姉と義兄《あに》たちに声をかけた。お膳をはさんで左の窓側に姉たちが足をくずして座り、右の押入れ側で義兄たちが座布団に胡坐《あぐら》をかいている。

「あら、花嫁がまず入ったら？　明日の主役なんだから」

菊江姉《きくえねえ》さんがいつもの早口でそう言う。

「わたしね、さっき銭湯に行って、美容院でこれやってもらったの」

全体にカーラーがついてスカーフで覆われた頭を指さした。パーマをあてたこともない髪を初めて巻いてもらうと、地肌を引っぱられているような違和感がある。こんな頭のまま今夜いつもの枕で眠れるのだろうか。

「そう言えば、私のときも前の日は頭がカーラーだらけだったわ」

「菊江姉ちゃんのときも地毛で結った？　私はカツラ被《かぶ》っただけよ」

「花江《はなえ》は髪が短かったじゃないの」

菊江姉さんが買ってきた甘納豆を、ふたり交互に指でつまんで口に放り込みながらもお喋《しゃべ》りは止まらない。

「でもカツラって痛いの、頭が締めつけられて」

「あら、地毛で結うのもけっこう痛いわよ。披露宴の最中は頭痛で吐き気がしてたもの」

「だめよ。みっちゃんの前でそんなこと言ったら緊張しちゃうから。だいじょうぶよ、みっちゃん。結婚式なんかあっと言う間だから」

花江姉さんがそう言うと、居間のみんなが不安げな目でこちらを見た。心配ご無用という顔を無理やり作って微笑《ほほえ》んだ。

兄妹は兄とその下に四人姉妹の五人。わたしが末っ子で七歳上が花江姉さん。八歳上が菊江姉さん。どちらもお勤め人に嫁いで小学生の子どもがふたりずついる。結婚式の朝に移動するには遠い町に住んでいるので、前日から家族で実家に泊まりに来た。長女の松子《まつこ》姉さんの嫁ぎ先は牛を飼う酪農家なので朝の搾乳《さくにゅう》がすんでから出てくるそうだ。

「みっちゃんは年が離れた末っ子でお母さんも心配してたから、結婚式見せてあげたかったわね」

居間の隅に置いてある仏壇に顔を向けて菊江姉さんが目を細める。

「そうだ。お母さんの写真持って行かなきゃ。仏壇のでいい？　もう袱紗《ふくさ》で包んでおく？」

「菊江姉ちゃんはせっかちね。明日でいいわよ」

「じゃあ花江が忘れないで持ってよ」

仏壇の母の写真は白っぽい着物に黒紋付の羽織を着ている。終戦から五年後、わたしの七歳のお祝いのときに撮ったものだ。写真館で母が咳《せき》をしていたのはぼんやり憶えている。肺の病気でわたしが十歳のとき療養所に入り、十二歳のときに亡くなった。

それからわたしは三年間、兄の家に預けられた。小学校の先生をしている兄は、狭い教員住宅住まいで小さい子もいたのにわたしを引き取ってくれ、寂しい思いをすることはなかった。義姉《あね》も家事と育児に忙しそうでも明るいひとで、わたしの母親代わりとして中学校の行事には必ず参加してくれた。毎日のお弁当にも、友達と一緒に食べられるように家での食事を質素にしてまで彩りのよいおかずを入れてくれた。

「兄さんとこは夜に着くんでしょ？」

「学校の用事が終わってから来るって」

姉たちの話し声はお勝手にいるわたしの耳にもよく届く。

「夕飯とっとかなくちゃ。子ども入れて四人分」

「とりあえず十人分の食事を用意して、お布団は、えっと……十四人分か。すごい人数ね」

菊江姉さんと花江姉さんは昔からお喋りで声も大きい。松子姉さんとわたしはこのふたりと比べて大人しく見られ、父親に「江組」と「子組」に分けて呼ばれていた。名前に江がつくふたりは賑やかで、子がつくふたりは静かという意味だ。

無口なふたりの義兄はどちらもメガネをかけていて、同志のような関係なのか仲が良い。座敷に行ったと思えば、四人の子どもたちと何をして遊んでいるのか大きな音をたてた。

「ちょっと隆《たかし》さん、危ないわよ」

花江姉さんが素早く立ち上がって廊下まで叱りに行く。

「相撲なんかするより子どもたちとお風呂に入ってしまってよ。あとがつかえるから」

「じゃあ、義男《よしお》さんも一緒に子どもたちと入ったら？」

菊江姉さんは居間から声を張り上げる。

父が管理人をしているこの詰め所は、開発局の作業員たちが新しい道路や堤防を作るときに下調べをしたり、大雪のときに道路の除雪作業をしたり、そのほか災害時などに寝泊まりするために建てられた。

玄関の左側に十二畳の座敷がふた間、右側に事務室があり、廊下をはさんで北に風呂と手洗い、廊下の奥が広いお勝手になっていて、その脇の南角にほんの八畳ひと間の管理人部屋がある。父とわたしの居間であり寝室にもなる。座敷には開発局のひとがいっぺんに十数人泊まることもあるので、お風呂場は広くて五、六人は一度に入ることができる。

「お風呂が広くてよかったわね。お役所の建物だから水道代もかからないしね」

「あら、ご近所の目があるのよ。使い放題してたらすぐに税金泥棒って陰口叩《たた》かれるわ。本当は私たちだって大きな顔して座敷に寝泊まりできないのよ。作業員が泊まるためにお布団揃《そろ》えてあるんだから」

お勝手で急須にお湯を注ぎ、わたしの湯飲みと共におぼんに載せて居間のお膳に運んだ。

「いいじゃないの。年に一回や二回お布団使わせてもらったってバチは当たらないわよ」

「お正月は大雪でここに大勢泊まっていたから、私たちは遠慮したんだもんね。大変だったんでしょ?」

菊江姉さんに問われ、わたしもお膳のそばに座り姉たちの湯飲みにお茶を注《つ》ぎ足しながら、大晦日《おおみそか》の話をした。夕方から大きな除雪車が表の駐車場に停《と》まり、ここを拠点に交代で道路の除雪をし続け、町内の主な道路をすべて通すのに四日間かかったのだ。そのために父もわたしも今年はお正月どころではなかった。

「だから結婚式は雪のない六月にしたのよね。座敷が空いていて私たちも泊まることができてよかったわ」

「そうよ。川が溢《あふ》れたり山がくずれたりしたら、お父さんだって結婚式に出席できなかったわよ。何ごともない日でよかった」

頷《うなず》いてわたしもお茶をすすった。

横浜で生まれ育ち国鉄職員になった父は、結婚して長男、長女が生まれてから北海道に赴任した。兵役終了後は復職し機関車の乗務員をしていたが、石炭を釜にくべるときにはじけた破片が目に入る事故で片目を失明し、母が亡くなったころは無職だった。学校を出て就職していた姉たちはそれぞれ職場の寮に入り、父は職探しをするからと小学生だったわたしを兄に預けた。

その後この町に開発局の詰め所が建てられ、賄いや留守番をする管理人として父が就くことになったので三年ぶりにわたしを呼び戻してくれた。

父の作る料理を久しぶりに食べたときにはびっくりした。もともと料理下手だったことを思い出し先が思いやられたものだ。カレイの煮つけに、かぼちゃの醤油《しょうゆ》煮《に》、青ネギがどっさり入った玉子焼き。詰め所に泊まる男性たちの口に合うように工夫したと言うのだが、どれもあっさり味で甘みも旨《うま》みも足りない。義姉の美味《おい》しい料理に慣れたわたしの口にはなおさらだった。

記憶は薄れているが、療養所に入るまでは母が食事を作っていたはずだ。それなのに、父がたまに作った出汁《だし》の利いていない豚汁《ぶたじる》や卵と醤油だけの炒《いた》め飯《めし》のことばかり鮮明に憶えている。どれも不味《まず》かったからだとあとから気づいた。小学生のころに「この炒め飯、美味しくない」とはっきり口にしたことがあると思うのだが、あのとき父はどんな表情をしていたのだろう。今ならたとえ不味くても、美味しいそぶりで食べられるのに。

「お父さん、どこへ行ったの？」

突然思い出したように花江姉さんが辺りを見回す。

「お父さん、米屋までお餅を買いに行ったわよ。みっちゃんがお雑煮食べたいんだって」

「六月にお雑煮？　つきたてのお餅でお雑煮なんて、喉に詰まって死んじゃうわよ」

「花江、縁起でもないこと言わないで。結婚式の前なのよ」

今年のお正月用に町会のみんなが集まり公民館でついたお餅は、除雪で泊まった作業員たちに全部出してしまい、わたしは食べることができなかった。父に食べたいものを訊《き》かれたので、ついお雑煮と言ってしまったのだ。

お勝手に立つと、姉たちが居間からこちらを窺《うかが》いながら耳打ちをしている。

「甘えたいのよ、あの子」

「結婚式の前って、わがままが出るのよね」

勝手なことを言っているのを聞きながら、雑煮に使う鶏肉を細かく切っているうちに反論したくなった。

「甘えてなんかいないわよ。お父さんに何が食べたいのか訊かれたのよ」

居間の姉たちが座ったままこちらを向く。

「あら、聞こえちゃった？」

「聞こえてるわ。わたし、わがままなんか言ってないもん」

「いいのよ、最後の日くらい、お父さんに甘えたって。みっちゃんはもともと甘えっ子だったのにお母さんが死んでお父さんとも離れて暮らして、小さいころから頑張ってたんだから」

「そうよ。明日からみっちゃんはお嫁さんなんだから、今日くらいわがまま言っていいのよ」

「わたし別に甘えたくなんかないもの」

包丁を持つ手に力を入れて鶏肉《とりにく》を細かく切った。早くから家を出てこちらの生活など知らなかった姉たちなのに、知ったような口ぶりで話すので頭にきた。わたしは自分のことよりも明日からひとり暮らしになる父のことが心配で、いろいろ考えているだけだ。わたしがいなくなってから思い残すことがないように、父の望みにはなんでも応えようと思っただけ。

「あ、お父さん」

「ただいま」

勝手口から父が重そうな買い物カゴを提げて帰って来た。

「お餅買えた？」

「ああ、前から頼んであったからね」

白い包装紙にくるまったものを父は「ほら」と持ち上げた。居間のお膳に置いて紙を広げると長丸い大きな餅が現れた。食紅で『寿道子』と書かれている。

「お父さん、これ一升餅《いっしょうもち》じゃない。子どもの一歳のお祝いに背負わせる餅よ」

「え、そうか？　娘のお祝いって言ったんだけど」

「孫娘だと思ったんじゃない？　だって結婚のお祝いに餅食べるってあんまりないもの」

「一升でいいですか？　って言うからいいですって。お名前は？　って訊くから道子ですって言ったんだよ」

　姉たちが顔を見合わせてぷーっと吹き出した。

「みっちゃん、これ風呂敷に包んで背中に背負うのよ。一生食べ物に困らないように願う縁起物よ」

「そうそう。尻餅ついて転んだら丈夫に育つって言うわよ」

からかわれてふくれっ面をしたわたしを見て、姉たちが声をあげて笑った。義兄たちと子どもたちが風呂からあがってきて、餅を見せてまた笑い合った。はじめはふくれていたわたしも、子どもたちが笑っているのにつられてとうとう吹き出してしまった。

　いつもは父とふたりきりの静かな夜が今日は賑やかで、みんなで笑うたびにお腹《なか》の辺りにできた穴が広がっていくような気がした。なんとも言えずじわじわと感じる寂しさだ。ひと月くらい前から嫁ぐ日が来なければいいと考えるようになり、想《おも》いは日ごとに募るのに、その日はすぐに来てしまった。

結婚相手は優しいひとで、嫁ぎ先になんの不満もない。幸せな結婚ができることが嬉《うれ》しかったはずなのに、間際になってこんな気持ちになるなんて自分でもどうしていいのかわからず、ごまかすように家事をして忙しく動き回っていた。

姉たちに「ちょっとは休んだら？」と言われながら作った夕飯は、鶏肉で出汁をとった醬油味のお雑煮とおかかのおにぎり、父特製の青ネギの玉子焼き。餅を切るのは姉たちが手伝ってくれて、わたしのお椀《わん》には五つも餅が入っていた。それをぺろりと食べてしまったわたしを見て、姉たちがまた笑った。

「白菜漬けもあるからね」

「お父さん、もういいから座ってよ。明日疲れるわよ」

六十七歳になった父はあまり留守ができない管理人業のために、出かけることはほとんどない。毎日薪を割り駐車場の脇に作った畑で野菜の世話をし、大きな漬《つ》け物樽《ものだる》をお勝手の隅に四つ置き白菜や大根を漬けている。

「お父さん、わたし大根漬けが食べたい」

「そうか、じゃあ」

わたしの注文で父がお勝手に立とうとすると、なぜか菊江姉さんが呼び止める。

「いいわよ、お父さん。漬け物石なんか持ったら腰を痛めるわよ」

「そうよ、みっちゃん。白菜漬けがあるんだからいいじゃない」

せっかく立とうとしていた父がまた腰を下ろす。

「だって、もう明日から食べられないのよ。最後に食べておきたいもの」

わたしはついカッとなり言い返してしまった。

「あら、里帰りしたらまた食べられるわよ」

「みっちゃん、いつもお父さんの漬け物は不味いって言ってるくせに」

姉たちの意地悪な言い方にやけに腹が立った。

「どうしてそんなこと言うのよ。不味くたって、食べたいものは食べたいの」

大きな声が出て自分でも驚いた。「わかったから、もうやめなさい」と父がまた立ち上がりお勝手に行った。古い鍋を脇に置き、漬け物樽に向かって屈《かが》んでいる。本当に腰を痛めてしまいそうだ。どうして食べたいなんて言い張ったのだろう。

姉たちがお膳の下で膝をついて顔を見合わせているのが見えた。「ほらね」と口が動いている。

「なあに？　お姉ちゃんたち。なにか可笑《おか》しい？」

「え？　みっちゃんは、大きくなってからずっとお利口でいい子だったわねって話してたのよ」

「どういう意味？」

また姉たちの皮肉がはじまったと思い、なんでもないような顔を作った。

「ずっと我慢してきたから、結婚式の前にわがままが出ちゃうのよ。お父さんに甘えたいのよね」

「そんなんじゃないわよ」

「みっちゃんはほら、甘えっ子のくせに意地っ張りだったから」

「なによ、お姉ちゃんたち。さっきから、知ったようなことばっかり言わないで」

なんだか今日はすごくイライラしてしまう。父が供《きよう》してくれた大根漬けをわざと音をたてて噛《か》んでいるわたしを見て、姉たちがまた笑いを堪《こら》えている。

夕飯の食器を洗っている時間に兄の一家が到着した。中学生時代の三年間お世話になった家族だが、こっちに帰ってからはお盆とお正月にしか会えない。

「兄さん、聞いてよ。みっちゃんたらね」

腰も下ろさないうちから兄をつかまえて、ふたりの姉は今日の出来事を報告する。わたしがわがままを言って父に餅を買わせた、その餅が一升餅だった、大根漬けを無理やり供させたという大げさな告げ口だ。

わたしは義姉と話がしたくて姿を追うと、お勝手の床にお膳を出して座布団を並べている。

「お義姉《ねえ》さん。おにぎりと玉子焼き食べるでしょ？　お雑煮もあるの」

「ありがとう。いただくわ」

そう言えば義姉は、この家に来て人数が多いといつもお勝手に座る。

「こんな時間になってごめんなさいね。家庭訪問の時期でね」

「忙しいんだ、兄さん。でも前の日から来てもらえて嬉しいわ」

兄はみんなに囲まれて居間で食事を摂《と》り、義姉とふたりの子どもはお勝手のお膳で食べた。

義姉は兄が最初に赴任した小学校で住み込みで働いている用務員の娘さんだった。二十歳で兄と結婚してから可愛《かわい》らしいお嫁さんのままで、中学生と小学生のふたりの息子と並ぶとまるで年の離れた姉のように見える。わたしにとってはずっと理想の女性だった。その義姉がこうして居間にも入らずお勝手の床で夕飯を食べている姿を見ると、これまで嫁の立場で他人として扱われても辛抱してきたのではないかと今更ながら想像できる。

わたしも嫁いだ先ではこんなふうに窮屈な思いをするのだろうか。そんなよけいなことを考えた。本当によけいな考えなのだと、頭のなかでそれをふり払った。

そう言えば義姉に話したいことがあった。

「お義姉さん。わたしお父さんのこと、すごく心配なの」

「お義父《とう》さんがどうかした？」

調理台で洗った食器を乾いた布巾で拭きながら、食事をしている義姉と話をした。

「ひとりになって、風呂焚きができるのか。それに病気になったときにどうするのか。寂しくてお酒飲んだりしないか」

「そうね。もうお年だしね。うちも異動がなければ一緒に暮らしたいんだけどね」

兄は五、六年おきに異動があり、相変わらず狭い教員住宅暮らし。いずれは家を建てるのだろうが、定年後になるかもしれない。

「兄さんのとこで暮らせたら安心だけど、お父さんは仕事を辞めたりしたら、生きがいがなくなると思うの」

「お義父さん、お体は丈夫だもんね。でもみっちゃんはお義父さんの心配よりも自分のことを考えないと」

伏せて重ねたお椀がぐらりと倒れかけ、あわてて両手で押さえた。

「わたしは幸せだからいいの」

「そう。よかったね、いいひとに出会えて」

「本当にそう」

そう言ったあとで、なにかが喉につかえて咳払いをした。

高校を出てからわたしは町役場で六年間働いた。交際や結婚を申し込まれることもなく、もうそろそろ片づかないと行き遅れると姉たちに急《せ》かされお見合いをした。

この詰め所にたびたび泊まりに来る開発局の方に父が頼んで紹介してもらったひとは、

ひとつ年上の道庁の職員で、真面目そうな体格の良い男性だった。

「みっちゃんは、向こうのご両親にも可愛がられるでしょう。心配ないわよ」

「そう？」

嫁ぎ先はこの町にあって両親は健在なのだが、結婚相手は森林計画の担当で北海道内各地に出張するため、一週間の半分は泊まりの仕事らしい。夫がいないあいだわたしは嫁として夫の両親に仕えるということだ。

流しで布巾を洗っていると、お膳をたたんだ義姉が「みっちゃん、私がやるからもういいわよ」とわたしの腕をつかむ。

「明日お嫁に行くんだから、ぐっすり寝なきゃ。そんなに洗い物ばっかりしたら手が冷えて眠れなくなるわよ」

中学生のころ湯たんぽを入れてもらうと、足ではなく手でつかんで寝ていたことを憶えているらしい。足が冷たいのは靴下を何枚か穿《は》いてしのげても、手が冷たいのは手袋をはめるとよけいに眠れなくなるだけだった。

「だいじょうぶ。これでおしまいだから」

「そう？　じゃあ、寝る前にお風呂のお湯に手をつけるといいわ」

「うん。そうする」

母が亡くなる前、まだ家族で暮らしていた小学生のころから、ときどき手が冷たくなった。そんなときには寝ている父の布団のなかをこっそりさぐって父の手を握った。大きくて温かい父の手は格好の暖房だった。

父が普通のひとより体温が高いことがわかる出来事があった。わたしが小学生になったばかりの、母がまだ元気だったころだ。

学校から帰って家にいると仕事帰りの父に「道子、今日は夕焼けがきれいだよ」と声をかけられた。「見に行く?」と訊くので「うん」と応えて玄関を出ると、本当に裏山の向こうが朱色に染まっているのが見えた。

「もっとよく見えるところがあるよ」と父は裏山のほうへ向かってどんどん歩き、わたしは早足であとを追った。道もない笹藪《ささやぶ》の山を登るときに、父は手を握ってくれた。

父の手は鬼の手かと思うくらい頑丈で、急な斜面でもわたしの手をひょいと引いてすぐに高いところまで連れて行ってくれた。てっぺんまで行くと細い木がたくさん生えていて、その木の隙間から西の空を眺めた。

見下ろした場所に牧草《ぼくそう》畑があり、その先が丘になっている。丘の上には落葉松《からまつ》が十本ほど横一列に並んでいた。そして松の後ろの空が、朱色の布地の裾を赤インクにつけたような濃淡に染まっていた。

「こんなにきれいな色は、お父さんもめったに見たことないな」

「山が燃えてるの?」

「燃えてはいないよ。太陽が沈むときに空が赤くなるの」

「なんで赤くなるの？」

「なんでかな。昼間とお別れするのが悲しいのかな」

「また明日出てくるのにね」

「あ、そうか。出てくるときも赤くなるね。じゃあ、出てくるときは嬉しくて赤くなるのかな」

しばらく沈む夕陽《ゆうひ》を見ていたところまでは記憶がある。目が覚めたとき、わたしは家の布団に寝かされていた。体が汗ばんでオデコに濡《ぬ》れた手拭いが載っている。

足元で父と母の話し声だけが聞こえた。

「顔がこんなに赤いのに、わからなかったの？」

「ん……。夕焼けが反射してるのかと思った」

珍しく母が怖い声で、父が力ない声をしていた。

「四十度も熱があって、よく山に登れたわ」

「元気に見えたんだけど」

どうやらわたしは熱があったようだ。そう言われてみると父に背負われながら山を下りるときに、ふるえるほど寒気がしていた気がする。

「道子の手がいつもより温かいとは思ったんだ」

「こんなに熱があるのに気がつかないなんて、あなたの手がよっぽど温かいのね」

わたしはわりと元気だったが、父は責任を感じたのか一晩中手拭いでオデコを冷やしてくれた。あくる日には熱が下がり、学校は一日休んだだけですんだ。

父の手が温かいと知ってから、わたしは頻《しき》りと父の手を暖房代わりにした。父も嫌がりもせず貸してくれた。母が亡くなったときにもわたしは病院で父の手をしっかりと握っていた。

兄の許《もと》で三年過ごして戻ったわたしは、自分でも知らぬ間に大人になっていたのかもしれない。父と手をつなぐことも、できなくなっていた。

居間では兄が持ってきた酒のせいか、みんなの声がいっそう大きくなり「道子は昔」という話題で勝手に笑い声をあげている。

「わたしのこと笑ってるの？」

お膳の周りに隙間を探し、兄の隣に膝をねじ込んでつまみの落花生に手をのばした。

「ああ、道子が小さいころは子猫やらカエルやら、生き物をよく拾ってきたって話」

兄は目がとろんとした赤ら顔で、酒を飲まない父よりよっぽど花嫁の父らしく見える。

「あら、そういうのはみっちゃんがしばらく飼ってたからいいのよ。殺しちゃったのもいるじゃない。バッタとかトンボとか」

「セミとか、ナメクジとか」

「殺したんじゃなくて、寿命だっただけじゃないの」

今更そんなことを言われて、わたしもついむきになった。

「あんなに生き物が好きだったのに、ここに住んでからはなにも飼えなかったわね」

花江姉さんがしんみりした声で言う。

「そうね、お役所の建物だから、ご近所の目もあるし」

姉たちが言うように、衛生上の問題やご近所への配慮で、ここでは生き物を飼うことはできなかった。父がひとりになっても犬でもいれば寂しくはないだろうに。

「ひとりになったら、風呂を沸かしてももったいないから、ご近所のひとに入りに来てもらおうかな」

話題を変えるように父が呟《つぶや》く。

「そうね、銭湯に行ってるひとは喜ぶわよ。お風呂場広いからね」

みんなが父に同意した。父もそれならば寂しさが紛れるだろう。

兄が風呂の焚き方を訊くので、わたしは九年かかってわかったコツをみんなに披露した。話しているうちに、わたしがいなくなってからのことが気にかかり、父に教えるような口調になっていた。

「お父さん、薪はくべすぎないでね。お湯はいったん沸くとすぐ熱くなるからね」

「ああ、わかってるよ」

もう疲れたのか父は押入れの戸にもたれて、足を投げ出している。

「火がついてから、だいたい四十分だからね。時間を見ておいたほうがいいわよ」

「ああ」

「みっちゃん、そんなにがみがみ言わなくたって、お父さんだって昔は機関車の釜を焚いてたんだからだいじょうぶよ」

「がみがみなんか言ってない。心配なの」

父が「ちゃんと覚えておくよ」と話を終わらせようとしているのに、姉たちはまだその話題を続ける。

「ストーブが灯油になったから、すぐに風呂釜も灯油にしてくれるんじゃない？」

姉はふたりともお酒をすこしだけ飲んで、足をくずしてだらりとしている。

「そうよね。やっぱりお役所の建物の設備はきちんとするはずよ」

「だめよ。お風呂は薪で焚いたほうが温まるのよ」

落花生を割る指に力が入り、バリっと大きな音をたてた。

「みっちゃん。そんなこと言ったってしょうがないじゃない。開発局で決めることなんだから」

「そうよ、みっちゃん。灯油になったほうがお父さんだって楽よ」

姉たちが揃って目を三角にした怖い顔をわたしに向ける。

「だめだめ。だって薪がまだ二年分はあるもの。もったいないわ」

「そうだね。風呂はやっぱり薪がいいよ。せっかく道子が焚き方を研究してくれたからね、しばらくは薪で焚くよ」

困ったような顔をして父が割って入ってくれた。父を困らせようとしたわけではないのに、また言い張ってしまった。

「優しいのね、お父さん。みっちゃんのこと思ってそう言ってるんでしょ」

「いや、そうじゃないよ」

「みっちゃんたら、本当は自分のことが心配なくせに」

「そうか。みっちゃん、お嫁に行くのが不安でしょうがなくて、お父さんのこと心配なふりしてるんだ」

「え、なんでそんなこと言うのよ」

お盆かお正月には家族で泊まりに来る姉たちだが、ここ数年お酒を飲むことはなかったので、酔うとますます意地悪姉妹になることを忘れていた。

「みっちゃん、お布団敷くの手伝って」

義姉が助け舟を出してくれた。その場から逃れるようにわたしは義姉と座敷に行き、押入れのなかに積み上げられた布団を出した。子どもたちは事務室に集まりトランプをしている。

兄の家族四人分を座敷のひと部屋に、もうひとつの座敷に義兄たちと子ども四人分の布団を敷いた。姉ふたりとわたしは、最後の思い出に父と一緒に居間で寝るのだと姉たちが勝手に決めたらしく、さっき申し渡された。

「お姉ちゃんたち、わたしが甘えてるって嫌なことばっかり言うの。わたしはお父さんに甘えたいわけじゃないのよ。だって、男親になんか甘えられないじゃない」

「そうね。私も甘えるのは母親かな」

敷布団の上にシーツを広げながら義姉が言う。わたしがいた三年間のうち数回は、義姉も子どもを連れて里帰りしていたが、わたしが寂しくないようにいつも日帰りで戻ってきた。義姉だってもっと母親にわがままを言って甘えていたかっただろうに。

「みっちゃん、制服が擦り切れてたの、気がつかなくてごめんね」

突然告白するように義姉は大きな目でわたしを見る。シーツの片側を持ってわたしも広げるのを手伝った。

「制服?」

「中学の三年間って、制服が傷むのよね。みっちゃんがいなくなってから押入れにしまってあったんだけどね、うちの子の制服が擦り切れてたから、もしかしたらって思って見てみたのよ」

「わたしのセーラー服？」

「そしたら、袖口と肘のところが擦り切れてて、スカートの脇ポケットのところもほつれてて。私、気がつかなかったわ。お義母《かあ》さんがいたら、すぐに気づいて繕っていただろうに。ごめんね」

シーツを布団の下に押し込みながら、義姉は申し訳なさそうにまなじりを下げる。

「そんなこと忘れちゃった」

「みっちゃんは、ずいぶん我慢してたのね。まだ中学生だったのに、偉かったね」

あのころの自分を思い起こせば頑張っていたのかもしれない。でも義姉のほうがわたしよりももっと苦労が多かっただろうに。

こんなふうに語り合えることももうないと思い、布団の上に両手をついて「お義姉さん、わたし、お世話になったわ。ありがとうございます」と花嫁らしいことを言ってみた。義姉は涙ぐみ洟《はな》をすすって、なんども首を横に振った。

風呂には全員が順番に入り、そのつど釜に細い薪を足した。その間おきびはずっと熱く、火吹き竹で吹けば程なく炎が上がった。

みんなが寝床に行ってから、お勝手口の土間に父の下駄を椅子にしてしゃがみ、釜のなかに残った炭を火箸でつまんで鉄の火消し壺《つぼ》に移し、しっかり蓋を閉じた。

　そのあと上がりかまちに腰かけて、しばらくお勝手を眺めていた。ここは居間の倍はある広さで、棚に載っているのは詰め所に泊まるひとたちの食事を作るためのザルとお鍋。茶簞笥《ちゃだんす》にはたくさんの食器。あとは漬け物樽。板の床は足元が冷えるので、よく立つ場所にだけビニールの茣蓙《ござ》を敷いてある。

　茣蓙の下は根太《ねだ》がゆるんで父が歩くたび鈍い音が鳴り、わたしは毎朝その音で目が覚めた。起きるとすぐに父のぶんも布団をたたみ押入れに上げ、お膳を出してお勝手へのガラス戸を開けると、たいてい父は青ネギを刻んでいる。その手を止めて床に置いてある洗面器に、ストーブにかけたヤカンのお湯を注いでくれるので、わたしはそれをそっと持って洗面所に行き顔を洗う。仕事に行く身支度をしてしまってから、朝食の準備を手伝う。

　お勝手の調理台の隅にある小さな食器棚から、箸立てと醬油差しを丸いおぼんに載せて居間のお膳に据える。そしてもう一度戻って茶碗《ちゃわん》二個とお椀二個を載せて、父にご飯と味噌汁《みそしる》をよそってもらう。それをお膳に並べると、父が玉子焼きの四角い皿と漬け物の小鉢を両手に持ってきてお膳に置く。九年間毎日そうしてきた。だからたぶん、寝ぼけていても熱があっても同じことをすると思う。

　丸い木製の箸立てに二膳立っている塗り箸は、父が黒でわたしがエビ茶色の夫婦箸《めおとばし》だ。高校の修学旅行で行った函館《はこだて》でお土産に買った。父が工面してくれたわずかなお小遣いなので父の箸を買おうと思ったのに夫婦のセットになっているものしかなく、小さいほうをわたしが使っている。

土産物店で買ったわりには函館らしい柄など入っておらず、どこにでもありそうな安物の箸だった。だから最初はとても使いにくく、食べ物をつかむとつるつると滑った。口に運ぶ前にお茶碗のなかに落ちてしまう。父の手元を見るとわたしと同じように食べにくそうにしていた。何も言わずにその箸を使っているのは、わたしを悲しませないように気を遣っているからだと思うといたたまれなくなり、

「お父さん、もうこの箸、無理して使わなくていいよ。前の箸に戻そうよ」

とうとうそう言ってしまった。でも父は、

「箸はどれを使ったって、最初はこうなんだ。いつの間にか使いやすくなるもんだから」

そう言ってお土産の箸を使い続けた。今では先が剥げてずいぶん古ぼけている。

いつから使いやすくなっていたかも憶えてはいない。

明日の持ち物に箸を忘れずに入れなくては。そう考えながら釜の焚き口を開けて溜《た》まった灰を半分だけちり取りにかき出し、つぎに焚くときのためにきれいに均《なら》した。

お勝手口から出てちり取りの灰を野菜の畑の土に撒《ま》き、上からバケツの水を半分だけざっとかけた。腰をのばしてまっすぐ立つと、わたしの九年間の風呂焚き当番はすべて

終わり。見上げると真っ黒な空の高い所に、細いのに明るい三日月が見えていた。

居間には姉妹三人分と父の布団がぎゅうぎゅうに詰めて敷かれている。窓側に並べた布団の上で姉たちはお喋りをして、父は押入れ側の布団で新聞を読んでいる。父の左隣がわたしの布団らしい。わたしは廊下で明日持って行く予定の二個の鞄《かばん》を点検した。すっかり寝る仕度をして布団の上に座り、ひと息吐《つ》くとふいに涙が流れてきた。おかしいと思って止めようとするのに、あとからあとから流れてくる。

「どうしたの？　みっちゃん」

そばにいた菊江姉さんが驚いた声をあげ、花江姉さんと父がわたしの布団の脇に寄ってきた。

「ちょっと、お腹が」

「痛いの？」

「うん」

「すごく？」

「うん」

そう口に出すと本当に痛いような気がして、お腹を押さえて正座をしたまま布団の上にうずくまった。

「泣くほど痛いなんて、わるい病気かもよ」

「お餅なんか、あんなに食べるからよ」

「お父さん、お医者に連れてったほうがいいかもよ」

「ん……」

父の困ったような返事が聞こえる。

それほど痛いわけでもないのに、お腹の辺りに開いてしまった寂しさの穴がどうしようもなく疼《うず》いて、押さえていないと叫び声が出そうだった。堪えると代わりに涙が止めどなく流れた。息を吐くとそれが嗚咽《おえつ》になり、子どものような泣き方になった。

「横になったほうがいいわ、みっちゃん。どこが痛いの？　胃のほう？　腸のほう？」

「わからない……」

膝を立てて布団の上にあおむけになった。

「弱ったね、道子が腹痛なんて初めてだ」

父が手をのばし、それをお腹の上に置いた。

「どの辺りかな。胃だとこの辺りだけど」

温かい父の手がパジャマの上からお腹に触れ熱が伝わってきた。おきびのようにじわじわとお腹が温かくなってくる。

小学生のころつないだ手の温かさを思い出した。母が療養所に入ったとき、二年後に病院で亡くなったとき、兄の家に預けられる前の晩、本当は指の先が張り裂けそうなほど冷たくなっていたのに、誰にも言えなかった。ただ父の手がわたしを助けてくれた。

「お父さん」

「ん？」

「その辺が痛い」

「ここか？」

お腹の上で心配そうに手のひらが左右に行き来する。このままずっと手を乗せておいてほしい。そう思いながらじっと目をつぶっていた。

「どう？　みっちゃん、楽になってきた？」

「痛みは治まったの？」

姉たちがせっかちに訊くので、目をつぶったまま寝たふりをした。

明日も明後日《あさって》も父とここで暮らしていたい。

笑い声がする。

姉たちが「甘えてるのね」と囁《ささや》き合っている。

もう父とはお別れなんだ。

向こうの家に行ったら新しい夫婦箸を買おうと思った。

明日の朝、使い慣れた箸を鞄にしまうつもりでいた。
でもやっぱりこの家に置いておくことにする。

まど　昭和二十八年

窓ガラスの向こうのわずかな足場に、すずめが一羽とまった。茶色い濃淡の布を接《は》いでこしらえたお手玉が、空からすとんと落ちて来たように見えた。羽はまだ薄く痩せて見える。もうじき冬支度をして、蒸《ふ》かしたお饅頭《まんじゆう》ぐらいに膨らむのだろう。

七月のはじめに馬車でここに着いたとき、壁に大きな窓が並び、ガラスが桟《さん》で八つに区切られている感じで学校の校舎に見えた。でもなかに入ると子どもの声どころかひとの気配が消えたように静かで、生徒の汗や上履《うわば》きの匂いではなく、消毒液の匂いが充満していた。

すずめがもう一羽落ちて来て、さっきの子の横にとまった。顔を見合わせて尾羽を左右に素早く振り、一羽ずつ順番に飛び立って行った。

「すこし開けようか」

付き添いの小宮《こみや》さんが言う。私が目を細めて頷《うなず》くと、小宮さんは窓の桟をつかんで左に引いた。明け方の雨で窓枠が湿っているのか木の擦《こす》れる音が鳴った。

「寒くないかね」

わずかに訛《なま》りがある。

「だいじょうぶ」

小宮さんは富山からの入植者で、戦前に病気で旦那さんを、戦争ではご長男を亡くし、終戦直後から八年も病人の付き添いの仕事をしているらしい。大柄でおおらかそうに見えるが、病状の重い患者ばかりのこの療養所にいれば、きっともう何人も見送ったのだろう。

「あとで体を拭こうね。お湯沸かしてくるから」

私は「ええ」と言ってみたが声が掠《かす》れてしまった。机の上の吸い口に手をのばす。

ここは市街の大きな病院にかかっていた患者が、時間をかけてゆっくり療養する場所で、私がいる西側の病棟には十数人ほどがいる。前にいた病院の主治医は内地から来ている腕のいい方らしく、最新の治療で手術をしてもらった。術後二週間経《た》ち歩けるようになってから、こちらに移った。

部屋にひとつだけカレンダーがある。新聞店の名が入ったものだ。明日でここに来てちょうど二カ月。先週はこのふたり部屋の隣のベッドにいた女性が、一時帰宅で帰って行った。私より五歳若い三十八歳だという。私と同じように肺の手術をして、先月ここに来たときにはやっと歩けるぐらいだったのに驚くほどの早さで回復した。私ももうすこし頑張れば、家に帰れるのだろうか。

二寸ばかり開けた窓の隙間から入る風が、夏よりも湿っていて熱を持った体に涼しく感じる。ときどき松ヤニの香りがして、建物が森に囲まれていたことを思い出した。

「どうする？　体を拭くから、窓閉めようか」

「いいえ。気持ちがいいから、開けておいて」

付き添いさんは家族が来られない場合に、別料金でお願いして身の回りの世話をしてくれるひとで、だいたい患者ふたりに対してひとり付いてくれる。今はこの部屋に私だけなので小宮さんをひとりじめにした気分になっている。

近所に自宅があり学生の娘さんがふたりいる小宮さんは、午後にいったん帰宅して夜にまた戻ってくる。ベッド脇の床に、普段は立てかけてある一畳分の畳を置きそこに布団を敷いて、呼べばすぐに看病してもらえるようにそばで寝てくれる。

「娘さん、まだ小さいんだよね？」

私の背中を濡《ぬ》れ手拭いで拭きながら小宮さんが訊《き》く。右胸の下から背中の中央近くまで手術痕があるので、そこだけ手拭いを押し当ててくれた。

「上の四人はもう大きいんだけど、いちばん下の道子《みちこ》は離れていて、まだ十歳なの」

「十歳か」

手術のあと一カ月くらいは右腕がなかなか上げられなかった。毎日すこしずつ慣らして今はなんとか肩まで上がるので、食事や洗面など日常のことは自分でできる。ただ、突然咳《せ》き込むとそれがなかなか止まらなくなり、涙と洟《はな》を流しながらこのまま死んでしまうのかと思うこともある。

「じゃあ、早く治して帰らないとね」

「ええ。そうなの」

小宮さんの大きな手で、しっかりと背中を拭いてもらったので、頭のなかまで気分がすっきりした。ベッドの枕元に毛布を丸めて置き、座らせてもらった。

小宮さんは新しいスカートを縫ったのか、ここ数日モスグリーンの膝下までのものを穿《は》いている。割烹着《かっぽうぎ》の下のオレンジ色のチョッキは毛糸を買って編んだと言っていたがはっと目を見張るほどきれいな色だ。市街地に行けば色とりどりの布地や毛糸が手に入るようになった。戦時中につぎはぎだらけのモンペを穿いていた反動なのか、女性たちは競うように明るい色の服を着ている。

やっと好きな色の服を着られる時代になっても、私は一日中白地に桔梗柄《ききょうがら》の寝巻きを着たきりで、せめてもと付き添いさんや面会に来たひとの洋服を眺めて、買い物に行く日を夢見ている。

「矢代《やしろ》さん、駅前の百貨店、知ってる？」

「ええ。ここに来るときに、馬車で前を通ったわ」

「このあいだ、テレビジョンが置いてあった。まだ電波が来てないから映らないんだけどね」

「東京では映るんでしょ?」

「新聞に写真が載ってたね。街頭にひとが集まって見てるんだって」

付き添いさんは患者と私的な話をしないよう言われているそうで、小宮さんもいつもは私が尋ねることに答えるだけなのに、今日はなにかと話しかけてくれる。

「矢代さん、横浜から来たんだったよね?」

「ええ。夫が国鉄の職員で、長男と長女が生まれてから北海道に赴任したの。復員してからも蒸気機関車に乗っていたんだけど今は……」

「仕事、変わったの?」

「目に石炭の破片が入って、右目がまったく見えないの。今は求職中で子どもの世話をしてくれているわ」

「あらそう。旦那さんが来たのは……五日くらい前だっけ?」

「近寄らないと、目のことはわからないけれど」

「いい男だったわね」

小宮さんは声をあげて笑った。これまではこちらの家のことなどに踏み込んだりせず、淡々と仕事をしていたのに珍しい。

「うちの旦那は伝染病で死んだから、死に目に会えないうちに埋められてね、長男は南方で戦死して、木の箱だけ帰って来たよ。布切れみたいのが入ってたけどね」

「まあ、それは、ご苦労さまでした……」

普段は感情をあまり見せないし、健康そうなのが羨ましいほどだったので考えなかったが、小宮さんはすごく強い女性だと思う。私よりもずっと苦労しているのではないだろうか。

うちの夫の達夫《たつお》さんもこの前の戦争で召集されたが、一年で終戦を迎えて戻ってきた。九州の戦闘機を整備する工場に配置され、戦地には行かなかったそうだ。私よりも十歳年上で、終戦のときは四十五歳だった。

十九歳で嫁ぐまで乳母日傘《おんばひがさ》の暮らしだった私が、二十三歳で北海道へ行くことになったときには、横浜の両親が「寒さで凍え死ぬひとがいるそうだ」「野菜もできない原生林《げんせいりん》の土地らしい」と涙ながらに引きとめた。そのときにはふたりの子どもを産んで、心身とも強くなったと思い込んでいた私は、反対を押し切って綿入りの着物を数枚に鍋釜と包丁だけ持って渡って来てしまった。

家族四人で船と汽車を乗り継ぎ三日かけてたどり着くと、三月だというのに雪が降り続いていた。粗末な住宅と家族分の寝具は用意されていたものの、寒さはあまりに厳しく、薪《まき》ストーブが上手《うま》く使えるようになるまで本当に凍え死んでしまいそうになった。

食べ物が横浜のようにすぐに手に入れられないことも辛《つら》く、両親に手紙を書いては好物のカステラやキャンディーを送ってほしいとせがんだものだ。それでも近所の方々にずいぶん助けてもらい、その後女の子を三人も産むことができ、やっとこの土地に腰を据えられたころに日本が慌ただしくなってしまった。

食べ物が配給制になり、それも戦争が長引くにつれどんどん減っていき、実家に便りをする暇もないほどその日の暮らしに精いっぱいだった。終戦後も二年くらいは農家の仕事を手伝って芋や豆をもらったり、近所のひとと物々交換をしたりで、主食になる食べ物を求めて歩き回っていたと思う。

それから六年経ってようやく戦前の暮らしに戻り市街は賑《にぎ》やかになった。そうしたら、私の病気が顔を出した。お医者さんの話では、長年かかってわるくなった肺病だから治すのにも長くかかるのだそうだ。

ベッドの下から洗濯物の入ったバケツを取り出して小宮さんが声をかける。

「洗濯してくるね」

「ええ。すいません」

いつも動き回っている小宮さんだが、今日は特に張り切ってやってくれる。もしかすると炭鉱で働いていると言っていた次男さんが、休暇で帰って来るのだろうか。

廊下をバタバタ駆ける足音と、「きゃっ」という子どものはしゃぎ声が聞こえた。

面会時間はいちおう決まっていても、こちら側の病棟はかなり自由に家族の出入りができる。東側の病棟には隔離されているひとたちがいるそうで、あまり面会人もなくひっそりとしている。

　面会はできても、うちの子どもたちとは二カ月前に別れて以来会っていない。バス代がもったいないし、弱った姿を見せたくないから連れて来ないようにと私が夫に頼んだ。五日おきくらいに、夫だけが会いに来てくれる。

「あのー」

　隣の部屋の面会人なのか、年配の女性がカーテンの隙間から顔を出す。

「ドンなんだけど、よかったら食べて」

　新聞紙でつくった袋に、トウキビのドン菓子が山盛りに入っている。

「わあ、美味《おい》しそう。ありがとうございます」

　ベッドにいる私にそれを手渡して女性は出て行った。いい匂いがする。駅前にいるリヤカーのおじさんに頼んで「ドーン」と鳴らしてもらったのだろう。横浜にもあって、ポン菓子と呼ばれていた。

　嬉《うれ》しくてつい口に放り込んだらまた咳き込んでしまい、しばらく止まらなかった。洗濯から戻った小宮さんに背中をさすってもらってしだいに治まった。食欲はあるのに、食べ物がすこしでも喉につかえると咳き込んでしまう。そのうちに昼食の時間になったので、ドン菓子は大事に枕元の脇にある棚に保管することにした。

「お昼ご飯、かぼちゃ団子だよ」

「ありがとう」

ベッドまで小宮さんが食事を運んでくれた。戦時中はイナキビに芋や豆を混ぜた黄色いご飯ばかり食べていたけれど、今は白いご飯が食べられる。ここでは、朝はお粥《かゆ》と漬け物で、昼は芋やかぼちゃの団子を入れたすいとん。夜はご飯とお味噌汁《みそしる》に、ニシンの昆布巻きや七輪で焼いた魚がつく。

今日の醤油味《しょうゆあじ》のすいとんは人参《にんじん》と菜っ葉が入っていて、かぼちゃの甘みも利いて美味しい。家で達夫さんと子どもたちはなにを食べているだろう。漬け物だけのおかずなのではないだろうか。近所のひとに教えてもらって覚えた大根漬けや白菜漬けの樽《たる》がしだいに増えて十樽もある。達夫さんと子どもたちだけでは樽の世話が大変だろうから、もうすこし減らしておくべきだった。

私の病院代がかかるので横浜の実家を継いだ兄に出してもらおうとしたのに、達夫さんがそれはしたくないと言い張る。今のところ休職中として元の職場からわずかばかり給料がもらえている。二年前に学校の先生になった長男が家にいくらか入れてくれるし、長女と次女もそれぞれ職場と学校の寮に入ってくれた。三女の花江《はなえ》が再来年高校を出て就職できると、あとは末っ子の道子の心配だけになる。

食後にただぼんやりベッドに座っていると、家のことばかり頭に浮かんでとりとめがなくなった。道子が高校を出るまではまだ九年もある。道子のことは兄姉で助けてもらえないだろうか。こんなに情けない母親の許に生まれなければなにか特技を生かした夢を持って、それに向かって勉強できたかもしれないのに。

子どもたちはみんな手がかからなかったが、道子は特に大人しい子だった。でもそれはお姉ちゃんたちがお人形遊びでもするかのように世話をしてくれて、私が楽だったというだけかもしれない。

着る物はみんなお下がりだったけれど、お姉ちゃんたちが可愛《かわい》いと褒めるものだから道子は喜んで着ていた。私がお姉ちゃんたちの髪を切っていると「道子も同じにして」と言うので、四人お揃《そろ》いのおかっぱにしていた。

でも好きなものはちょっと変わっていた。道ばたのアリの巣や木についている毛虫まで、普通の子どもなら嫌がるものを、道子はいつまでも楽しそうに観察していた。達夫さんと山に行き鳥の白骨を拾ってきて、お姉ちゃんたちがきゃーきゃー逃げ回ったこともあった。そう言えば、達夫さんとはよく手をつないで山歩きに行っていた。

「ちょっと、あんた」

廊下の向こうから鋭い声が聞こえ、はっと我に返った。向かいの部屋で付き添いさんが、誰かを怒鳴っているらしい。ストーブを焚《た》かないうちは部屋の戸を開けて、白いカーテンを引いてあるだけなので声は筒抜けになる。

向かいの付き添いさんの名前は以前聞いたが忘れてしまった。乱暴な口調がラジオで聞く都家《みやこや》かつ江《え》という芸人に似ているからと、みんなは陰でかつ江さんと呼んでいる。あのひとも小宮さんと同じように近所から通ってきているが、小学生の子どもがいるので泊まり込みはせず夕飯の片づけがすむと帰ってしまう。そう看護婦さんが教えてくれた。私は怖くて目も合わせられない。

「痛くたって、運動しないと別のとこまでわるくなるんだよ。我慢して立って歩くんだよ」

お医者さんが言わないようなことまで、かつ江さんは言う。看護婦さんによると、あのくらい厳しいほうが治りは早いとお医者さんが話しているらしい。確かにあんまり甘やかされるよりは病気の回復を早めるかもしれないが、自分が怒られるのは勘弁してほしい。

「歩けるだろ。そのまま十分間、立っておれ」

「はい……」

返事は男性の声だった。確か、向かいの部屋の患者さんは二十代くらいの男の人だ。怒られて廊下に立たされている小学生みたいで可笑《おか》しい。

小宮さんが夜に戻ってくると、立てかけてあった畳を床に敷いてその上に正座し、窓の外を眺めてぼんやりしていた。昼間に張り切りすぎて疲れてしまったのだろうか。

「小宮さん、なにかいいことでもあるの？」

「ん？ そう……いいことあるといいね」

「息子さんと会えるの？」

「会えるといいんだけどね……」

どうしたのだろう。なにか言いたげなのに話さない。

私もぼんやり窓を見ていると、小宮さんは私が眠くなったと勘違いしたのか「もう横になる？」と訊いてくる。

「いいえ、座っている。なんだかね、消灯前にうとうとすると、怖い夢を見るの」

「ああ、そうだね。変な時間に寝ると、すごくはっきりした夢、見ることあるね」

「ええ。病気になってからよけいにそう。井戸に落ちて這《は》い上がろうとして、もがいても、もがいても、上がれない夢だとか。深い湖にひとりぼっちで沈んでいる夢だとか。もう本当に怖くて」

「それは怖いね」

話しているうちに咳き込んでしまい、小宮さんが持ってきてくれた湯冷ましをひと口飲むと、すっと胸の痛みが治まった。

消灯して小宮さんは床に作った寝床に横になった。月が明るいからと、窓のカーテンを開けたままにしてくれた。

「あのね、矢代さん。患者さんに、信心のことだとか話したらいけないって言われてるんだけどね」

小宮さんはこちら向きに寝返りをうち、囁《ささや》くような声で話し始めた。

「なあに?」

私もベッドの端まで体をずらして顔を近づけた。

「小さいころにね、祖母《ばあ》ちゃんが教えてくれたんだ。人間にはご先祖さんが三人ついてるんだって」

怖い話なのかとすこし身構えた。小宮さんの顔の右半分だけ月明かりに照らされている。

「矢代さんにもきっと、ご先祖さんが、お祖父《じい》ちゃんかお祖母ちゃんかわからないけど、ついてくれてるんだよ」

「うん」

廊下を通り過ぎる看護婦さんのサンダルが、ぺたぺたと音を鳴らして遠ざかって行った。

「それでね、願いを叶《かな》えてあげようとして、いつも耳をすまして待ってるんだって。矢代さんが、病気を治したい、子どもたちに会いたいってお願いしてたら、それを叶えてあげようとして一生懸命働いてくれるんだ」

「ええ」

　怖い話でもおかしな信心の話でもないようで、なんだか拍子抜けした。私も戦時中は、ことあるごとにご先祖様に手を合わせていたものだ。

「だけどね、もう治らないかも、子どもに会えないかもって、わるいことばっかり考えてると、ご先祖さんはそれが矢代さんの願いなのかなって勘違いしてしまうの。それで、わるいことまで叶えてあげようとしてしまうの」

「え、そんな……」

　風で窓がカタっと鳴って肩がぴくりと動いた。

「だから、わるいことは絶対に考えちゃだめ。いいことだけ考えるの。そしたらきっと、ご先祖さんが叶えてくれるから」

「そうなの？」

「そうさ」

　右目が月明かりにきらきら光って、小宮さんこそがご先祖様に見えた。

「小宮さんも、息子さんに会えることを、お願いしてるの？」

「うん……そう。息子が帰って来たら、好きな肉のおかずを作ってあげようと思ってね」

「どんな息子さんなの？」

前にすこしだけ小宮さんが話してくれた。息子さんはお父さんとお兄さんが亡くなってから、家長としてふたりの妹を養うために親戚のいる炭鉱に働きに行っていると。

「正士《まさし》は八月三日に二十一歳になった。子どものころは気が弱くてね。転んで膝すりむいても泣きやまないくらいのね。乳離れも遅かったよ。あはは」

小宮さんは大きな声で笑ってしまい、はっと口を押さえて小声になった。

「心配性だから、それを直しなさいってよく言ってたんだ。寝る前に私と握手してね、今日もいい一日でしたね、明日もいい一日になりますよって、声に出して寝るんだ。おまじないみたいなもんさ」

「へえ、可愛い」

「炭鉱の仕事に行ってからも、それやってたんだろうか。大勢で寝泊まりしてたんだから、そんなこと声に出せないよね。子どもじゃないんだしね」

「寝る前に心のなかで唱えていると思うわ」

「ん……」

しゃっくりが出そうなのか小宮さんは一回しゃくりあげて、しばらく黙ってしまった。眠ってしまったのかと思ったときに急にまた喋《しゃべ》り始めた。なにか喉が苦しそうな絞り出すような声だ。

「私のほうがね、いいこと考えようと思ってもつい、わるいほうに考えちゃうんだよ」

「わるいほうに？」

「炭鉱なんて危険なところで、なにかあるんじゃないか。爆発したら真っ黒焦げになるんじゃないか。生き埋めになったらどんなに苦しいか。事故で手足がもげたりしたらどんなに痛いか。お母さん助けてって呼んでるんじゃないか」

　小宮さんは天井を見ながら、そんな言葉を苦しそうに口にする。

「わるいことばっかり、毎日毎日、それこそ寝ても覚めても考えてたから……」

　声を詰まらせて小宮さんは洟をすすった。そんなに辛くなるようなことがあったのだろうかと頭をよぎったが、考えないほうがいいような気がする。

「母親の私がわるかったんだね。幸せになることだけ考えてあげてたら、それを叶えてもらえたのにね。わるいことばっかり考えてたからさ、私のせいだよ。私のせい……」

　ひとり言のように小宮さんはそう呟《つぶや》くと、それっきり話さなくなった。私は夜中に何回も咳き込んで、そのたびに小宮さんが背中をさすってくれた。

　目が覚めると床の畳は立てかけてあり、小宮さんの布団はたたまれていつものように大きな風呂敷できれいに包んである。小宮さんの姿が見あたらない。朝食は向かいの部屋の付き添いさんが運んできてくれた。

「食事だよ」

本当の名前がわからないかつ江さんが、おぼんを手渡してくれる。

「ありがとうございます。小宮さんどうかされましたか?」

「ああ、なんだか家の用事で帰ったよ」

「そうですか」

なにも言わないで帰ってしまったのだろうか。看護婦さんが来て「具合がわるくなったら鈴を鳴らして呼んでね」とだけ告げて出て行ってしまった。夜も小宮さんはいないのだろうか。咳き込んで鈴も鳴らせないほど苦しかったらどうしよう。

「なんだい、あんた、食べないのか」

かつ江さんは私よりも若いとは思うのだが、とにかく言葉遣いが乱暴だ。

「夕べ咳き込んで、胸が痛むんです」

「痛くても食べないと治らないんだよ。ひと口でも口に入れな」

怒鳴るように言うので、お粥の茶碗《ちゃわん》に口をつけて夢中で飲み込んだ。

「立って、茶碗を片づけてちょうだい」

「でも、右胸の傷があるから」

「なにを甘えてるの。体は使わないと衰えるだけなんだよ。毎日物を持って歩いて運動をするんだよ。それくらいできるだろ」

「はい」

以前から怖い怖いと思っていたからか、怒られると緊張して傷の痛みも忘れそうになる。ベッドから下りて廊下を何往復もして、いつもの三倍くらい運動をした。

小宮さんは、夜になっても戻ってこなかった。看護婦さんに訊いても「代わりのひとを頼まなくても、明日か明後日《あさって》には帰って来るから」と言うだけだ。

気を張っていたおかげか、夜中に咳き込むことはなかった。朝がた手洗いに起きると廊下のストーブ前の長椅子で、看護婦さんふたりが新聞を見ながら小声で話している。

「炭鉱事故だって」

「旦那さんも息子さんも亡くなったのに、もうひとりの息子さんもなんてね」

「そうよ、あんなにいいひとが、どうしてそんな目にあうのか」

「まったくね。かわいそうで声もかけられないよ」

「いつ帰って来るだろう」

ドキリとした。もしかすると小宮さんのことだろうか。息子さんになにかあったのだろうか。手洗いを出てストーブの前を通ると長椅子にはもう看護婦さんたちの姿はなく、新聞だけが残されている。周りを見回すと誰もいない。

長椅子の左端に座りおそるおそる新聞を手に取ってみた。一昨日《おととい》の日付だ。一枚めくると記事があった。釧路《くしろ》で炭鉱事故と書いてある。三日前に起きた落盤事故での死者が十九人となり身元確認中とある。胸がしめつけられて息が詰まりそうだ。

看護婦さんのサンダルの音が東病棟のほうから聞こえてきて、あわててそこに新聞を置いて長椅子を立った。

間違いであってほしいと祈っていたが、その日の朝食時間になると、小宮さんの息子さんが炭鉱事故で亡くなったと療養所内のみんなが話していた。小宮さんはひとりで釧路に行って、すべてすませてから遺骨と一緒に帰って来るらしい。

ベッドの上で足をのばして座ってみたが、一瞬たりとも小宮さんのことが頭から離れない。胸の苦しさがなかなか治まらなくなった。二日くらい前に知らせが届いていたのかもしれない。私に気を遣って言わなかったのか。わざと明るくふるまって……。なにも知らずに私は、呑気《のんき》に息子さんのことを尋ねてしまった。

「洗濯物あるかい」

かつ江さんが乱暴にカーテンを開ける。

「いえ、今日はないです。あ、小宮さんのが」

いつも着ている割烹着や髪を覆っている手拭いを探して見回したが病室内には見あたらない。

「小宮さんのもないみたいです」

かつ江さんはまた乱暴にカーテンを閉めて行ってしまった。毎日泊まっているというのに、この病室には小宮さんの持ち物は置かれていない。きれいにたたまれた布団を包む、つぎはぎだらけの大きな風呂敷くらいだ。着物の古いのやら手拭いやら色んな布を接いである風呂敷。小宮さんは苦労して苦労して、真面目につましく暮らしてきたのだろう。

一昨日の夜に話をしながら洟をすすっていた小宮さんが、あんなに自分を責めていたわけがやっと今わかりかける。ご先祖様は願いを聞いてくれるはずなのに、母親の小宮さんが息子さんの不幸ばかり考えていたからそれが本当に起こってしまったということなのだろう。小宮さんは苦労しすぎたから、わるいことばかり考えるようになってしまったのだろうに。

朝も昼もご飯が喉を通らない。どんな顔で小宮さんを迎えたらいいのかと考えると、気が遠くなりそうだった。息子を亡くした母親に、声をかける資格など私にはない。私には夫もいて、五人の子どもたちもみんな元気なのだから。

「あんた、死にたいのかい。食べないと力がでないんだよ。だいたいあんたは寝てばっかりいて運動しないからお腹《なか》も空《す》かないんだろ。もっと布団から出て歩きなさい」

相変わらずかつ江さんは厳しい。その日もよく運動をした。動いているとすこしは気が紛れた。

夕食の片づけがすんで消灯後、看護婦さんに頼んで枕元のランプに灯《ひ》を入れてもらった。眠れずに横になっていると、ひょっこり達夫さんが現れた。驚いて思わず「どこから来たの？」と訊いてしまった。

「家からだよ」

飄々《ひょうひょう》とした声でそう言うが、ずいぶん疲れた顔をしている。

「バスはもうないでしょ？」

「自転車で来た」

「え、自転車で？」

家からは直線だと山をふたつ越える。普段ここに来るには山を迂回《うかい》する汽車で市街まで出て、そこから一日に二本のバスに乗るか、一時間ほど歩くかだ。家から自転車だと三、四時間はかかるだろうに。

「なにかあった？」

「いや、ちょっと菊江《きくえ》の寮に行ってみようと思って」

そう言いながら達夫さんは、壁に立てかけてある折りたたみ椅子を開いて腰かける。

「家は？　道子と花江が学校から帰って来てるでしょ？」

「花江はだいじょうぶだろう。置手紙してきたから。もう高校生なんだし」

なにかあったのだろうか。私は病気になってからあまり頼りにならなくなり、子どもたちの心配ごとは秘密にされた。

「今から菊江の寮に行くっていうの？」

次女の菊江は市街地の、専門学校の寮に入っている。

「心配ないよ」

「だって、もう九時よ」

明かりのない真っ暗な道を通らないと市街まで出られないのだ。そこを自転車で行くというのか。

「でも……」

「来た道を戻るだけだから、だいじょうぶだ」

「具合はどうだ？」

「しばらく咳き込むのが辛かったんだけど、夕べは出なかったの」

「そう。よくなってるな」

「ごめんなさいね。お金がかかって」

「心配ない。もうじき家に帰れるからな」

達夫さんはいつもそうするように私の頬を両手で撫《な》でた。指がかさかさしている。

椅子から立ち上がるとき、達夫さんは顔をしかめて腰をゆっくりのばした。普段着の鼠色《ねずみいろ》のズボンはポケットの端がほつれている。白いシャツも袖が破れているのを隠すように腕まくりしている。

「道子、どうかしたの？」

道子になにかあったのは勘づいた。達夫さんは道子のことに触れようとしないから。でも訊くのが怖かった。

「いや、ちょっと帰りが遅くなっただけだろう。戻ったら家にいるさ」

「帰ってないの？　いつから？」

ベッドの上で前のめりになると、胸が苦しくなり咳が出た。達夫さんが「心配ないから」と背中をさすってくれた。

「いつからなの？」

「今日の朝にね、学校でけんかしたんだって。泣きながら帰ってしまったって、先生が夕方家まで来たんだ。近所を捜したら、山を登って行くのを見たってひとがいたから」

「え、朝から？　それで、ここに来てるかもと思ったの？」

「まさかな。道子はここへは来たことないもんな」

達夫さんは立ったまま腰に手をあて、ちらちらと窓の向こうを見る。

「山のなかは？　捜したの？」

「ああ、学校の先生方や、町の人たちが捜してくれたんだけどね」

「え……」

指の先から体の力が抜けていくのがわかった。胸の鼓動だけが高鳴っている。

「山道はよく知ってるから、山で迷ってはいないと思うんだ。菊江の寮に向かって歩いているのかもしれない」

　心配ないからと繰り返して、達夫さんは行こうとする。

「達夫さん、見つかったらすぐに電報打って。そうだ、駐在で電話を借りて」

「そこまでしなくても、だいじょうぶだよ」

「だって、小学生なのよ」

「なにかあったときだけ連絡する。見つかったら連絡しないよ。どうせケロッとして家に帰ってるよ。明日の昼間、バスでまた来るから」

「達夫さん、私どうしたら……」

　いつもの落ち着いたそぶりを見せて達夫さんは、笑顔をつくりながら出て行ってしまった。

　窓から自転車が通るのを窺《うかが》ったが、真っ暗でなにも見えなかった。

　胸が苦しくなっている。また咳き込んだらこんどこそ息が止まってしまいそうだ。こんなときに小宮さんがいないのが辛いが、小宮さんはもっと辛いのだった。

　枕元の鈴を鳴らして看護婦さんを呼んだ。

「どうかした？」

「あの、今、夫が来たでしょ？　娘がいないんですって」

「ご主人から聞いたわ。電話がきたらすぐに知らせるから。でもどこかで寝てるんじゃない？　うちの妹がいなくなったときは納屋で夜まで眠ってたって、ちゃっかり戻ってきたよ」

「そうよね。どこかで寝てるんだ」

看護婦さんの慰めの言葉を聞くとよけいに心細くなった。道子は寂しがりやで、どこでも寝られるような子ではないから。

ベッドに横になると、いつも小宮さんが寝ている床にばかり目が行く。小宮さんの息子さんが煤《すす》で真っ黒になっている姿を思い浮かべてしまう。

小宮さんは、息子さんに会えただろうか。最期に手を握れただろうか。今日もいい一日でしたね、明日もいい一日になりますよと、言ってあげられただろうか。

亡くなったひとが、何人も横たわっているのが頭に浮かぶ。そのなかのひとりを見つけて顔を覗《のぞ》き込んだ。するとつぎの瞬間、その顔が道子の顔になっていた。

「みっちゃん」

思わず声に出して呼んだ。声にしないと、おかしなことを考えてしまう。わるいことを考えると、本当にそうなってしまうかもしれない。頭のなかのわるい考えをふり払って、道子の笑い顔を想像した。

「みっちゃん、おかえり。どうだった？　学校は楽しかった？」

玄関の戸を開け飛び込むように入って来て、私にしがみつく道子を思い浮かべた。みっちゃん。みっちゃんは我慢強くてこつこつ努力をする子だから、中学に行って高校を出たら……そう、銀行員になっているわ。素敵な制服を着て、流行《はや》りの髪型をして、颯爽《さっそう》と歩いている。男のひとにも負けないくらいバリバリ仕事ができるの。

窓のカーテンが開けっ放しだった。ランプに照らされた老婆が窓ガラスに映っている。一瞬、ご先祖様かと見間違えたが私の姿だ。ずいぶん痩せてしまった。

窓ガラスに長女の松子《まつこ》が映った。

そう思ったがあれは道子。おかっぱのまま大人になった道子が、職場の紺色の制服を着て、胸元に赤いネッカチーフを結んだ美しい女性になっている。

「ねえ、みっちゃん」

みっちゃんが結婚する相手はいくつか年上で甘えられるひとね。だってみっちゃんはしっかりして見えても末っ子で、本当はとっても甘えん坊だから。お父さんみたいに優しくて、一生大事にしてくれるひとがいいわ。きっと出会える。みっちゃんはお父さんに似たひとを好きになるわ。

道子の後ろ姿が窓ガラスに映る。男の人と手をつないで歩いている。頑丈《がんじょう》で、よく働きそうな背中をしている男の人だ。

「みっちゃん、知ってる?」

お父さんはね、お母さんが住んでいた横浜のおうちに出入りしていた、植木屋さんの息子だったのよ。お母さんがまだ小さいころから、お嫁さんにもらうんだって、そう言っていたんだって。だからずっと大切にしてくれるの。今でもずっと体を寄せて寝てくれるのよ。寂しい思いなんかしたことがない。兵隊に行っているときも三日に一度ハガキをくれたわ。みっちゃんも、きっとそんなひとと結婚できるからね。

枕元の棚に一昨日もらったドン菓子があるのに目が留まった。達夫さんに食べさせてあげればよかった。ずっと自転車を漕《こ》いで、お腹を空かせていただろうに。水を一杯だけでも飲ませてあげれば。なんと情けない妻だろう。
道子は朝食べたきりでなにも食べていないのか。お腹が空くと足も重くなる。山道で足が止まって、そのまま眠ってしまったら。

窓ガラスを見るとお勝手に立って料理をしている道子が映っている。とても手際よく、あれは……コゴミを切っている。

「みっちゃん、よかったね」

みっちゃんはお父さんに山菜の採り方を教わったものね。山ブドウや野イチゴもよく採って来てくれたわね。みっちゃんは頭がいいから色んなことをよく覚えたわ。これからはお姉ちゃんたちが漬け物の漬け方を教えてくれるだろうから、所帯を持っても心配ないわ。

窓ガラスに映る道子がとても幸せそうに笑っている。お腹がふっくらしていてそこを手でさすりながら。

「みっちゃん、みっちゃんの子はきっと男の子ね」

とっても優しい子。女の子も生まれるかしら。たまには辛いことがあるだろうけど子どもたちが助けてくれるわ。子どもや孫に囲まれて、みっちゃんはずっと笑っていられる。

横浜の実家では、父も母も亡くなってしまった。だからつぎは私でもいいのだと思う。順番通りで。親より先に亡くなるなんてことは絶対にだめ。だからご先祖様、私の願いを叶えてくださるのならどうかお願いします。順番通りにしてください。

外はとても静かだ。風で飛ばされた落ち葉が窓にあたり、カサコソというすずめの尾羽が触れたくらいの音が鳴る。

いつの間にか夜の十二時を過ぎていた。達夫さんは家に着いただろうか。

咳は治まっている代わりに動悸《どうき》がして喉が渇く。ゆっくり起き上がってベッドを下り、水差しを持って洗面所まで行った。

「矢代さん、娘さんだいじょうぶよ。きっと家に帰ってるよ」

看護婦さんが詰め所から声をかけてくれる。

だ。

「ええ、そうね」

電話を借りて、どこでもいいからかけたいがその電話先も思いつかない。なにかあったときだけ連絡が来ることになっているのだから、なにも知らせがないのがいい知らせだ。

部屋に戻り、窓のカーテンを閉めようとしたが開けておくことにした。雲が晴れて月が見えていたからだ。

空に突き出た落葉松《からまつ》の、先のほうだけ照らされて形が見える。それが風に吹かれてわずかに揺れている。昼間は暖かかったのに、夜は急に冷えてしまった。

深夜にいつも聞こえるキツネの声がした。遠くのほうからこだましている。しばらく聞いていると、もしかすると狼《おおかみ》の声かもしれないと思えてきた。そしてそれが、ふいに女の子の泣き声になる。

詰め所のほうから話し声がする。電話が来たのか。なにかの知らせだろうか。

動悸がますます早まってどうにかなってしまいそうだ。

足音がする。

「矢代さん」

入口のカーテンを開けたのは小宮さんだった。

「小宮さん、来てくれたの？」

「うん。夜中に咳が出たらって心配でね」

「え、小宮さんのほうが、大変だったでしょう……」

小宮さんは廊下に立って、なかなか入って来ようとしない。

「矢代さん、怒らないでね」

「え？」

「怒らないであげて。そこの草むらで泣いてたの」

小宮さんの後ろからそっと姿を見せた。俯《うつむ》いている。

「みっちゃん」

道子だ。

「窓から矢代さんのこと見てて、どうしたのって訊いたら、あれ、お母さんだって言うからもうびっくりして」

「え、みっちゃん、山を歩いて来たの？　お母さんのとこに？」

道子は腫れた目で下を向いたまま、こっくりと頷く。

二カ月前に別れてから髪が伸びて、肩までのおかっぱになっている。

「よく歩いたね。よく迷わなかったね。遠かったでしょう」

怒られると思っているのか、道子は俯いたままだ。

「いらっしゃい。こっちに来て、みっちゃん」

ベッドに座らせて抱きしめると体が冷え切っていた。毛布で包んで上からしっかり抱いた。小宮さんが湯飲みに水を入れて道子に飲ませてくれた。棚からドン菓子を取って差し出すと、道子はそれを手でつかんで口いっぱいに詰め込んだ。

道子の頬に私の頬をあて、手のひらで包んで懸命に温めた。だんだん温《ぬく》もりが戻ってきた。襟にフリルがついた白いブラウスを着ている。長女の制服だったシャツを私が縫い直したものだ。ブラウスの上に赤い毛糸のカーディガン。これも私が編んだ。三女のお下がりなので、毛玉がたくさんついてしまっている。

道子の手がすごく冷たい。両手でさすって温めた。

「あのね、お母さん」

「うん」

「道に迷ったんだよ。そしたらかぼちゃ畑に私と同じくらいの男の子がいて、手を引いてきてくれた」

「そうなの。男の子が」

ご先祖様が姿を変えて助けてくれたのかもしれない。

「かぼちゃ畑っていうと、日吉《ひよし》さんとこの和夫《かずお》君じゃないかね。ほら、あの、かつ江さんのひとり息子」

「そう、よかった。よかったね、みっちゃん」

かつ江さんの息子に姿を変えたご先祖様が、きっと守ってくれたのだ。

新聞紙の袋に入ったドン菓子を、道子は全部食べてしまった。小宮さんが看護婦さんに頼んで温かい飲み物をもらって来ると言う。

「あ、そう言えば」

達夫さんがどんなに心配していることか。小宮さんに電報を打ってもらうよう頼んで、住所を書いてある手帖を渡した。

「わかったよ。ミチコブジハハノモト、でいいかね」

「そうね。ありがとう、小宮さん」

気がつくと腕のなかで道子は眠ってしまっていた。小宮さんは寝顔を覗き込んで微笑《ほほえ》んでから入口のカーテンを出て行こうとした。

「小宮さん」

呼び止めるとカーテンの前で小宮さんは振り向いた。

「ん?」

小宮さんがどんなに辛い思いをしてきたのか、私には決してわからないと思っていた。でも今はこんなにも。

「私ね、道子がいなくなったって聞いてから、一生懸命に道子が大人になって幸せになっている姿を想像したの。ご先祖様に、いい願いだけ叶えてもらおうと思って。でもね、いくら道子が幸せになることだけ考えようとしても、その倍くらい、道子が命を落とすことを考えてしまった。親はどうしても、そういうふうに考えるものなのね。わるく考えるのは、親だからなのよね」

小宮さんはみるみる瞳を潤ませた。

私の目を見て「うん、うん」となんども頷くと、大きな手で顔を覆いながら背を向けた。廊下から洟をすする音がする。

腕のなかで道子がぐっすり眠っている。横になると咳き込んで、道子を起こしてしまいそうだ。もうすこしこのままベッドに座っていよう。

私の肩にもたれかかる道子の重さがいとおしい。もっともっと重くなってほしい。

ふと目を伏せると、道子が穿いている紺色のズボンに膝あてがしてあるのに気づいた。達夫さんが縫ったのか、黒糸の粗い縫い目で白い布を四角く縫い付けてある。これは、長女の古い浴衣を切ったものだ。ウサギの柄がついた……。

これで学校に行って、笑われたのではないだろうか。それで学校を飛び出して、山を登って来てしまったのかもしれない。

道子の髪に頬をつけた。松ヤニの匂いがする。

「みっちゃん、お母さん、もうじきね……もっともっと遠くの山の向こうに行くかもしれないの。ごめんね……。でも、みっちゃんはだいじょうぶ。どんなにたくさん山があ

って も、どんなに高い山でも、きっと乗り越えて生きていけるわ。生きていける。生きていくのよ」

毛布を引き上げて背中にかけなおした。

「みっちゃん、いつか……また、来てね。ブジハハノモトに」

窓を見ると、茶色い毛布を被《かぶ》った母娘《はは こ》がランプの灯に照らされている。

道子は大きくなった。そして私は小さくなった。

まるで寄り添う二羽のすずめのようにまるまって、飛び立つ朝を待っていた。

解説

北上次郎

他業種の人が小説を書くケースは少なくない。たとえば映画監督だ。『シコふんじゃった。』の周防正行《すおまさゆき》を筆頭に、『永い言い訳』の西川美和《にしかわみわ》、『一瞬の雲の切れ間に』の砂《すな》田《だ》麻美《まみ》、『14の夜』の足立紳《あだちしん》など、映画監督であると同時に小説家であるという人は数多い。監督だけでなく、映画やテレビの脚本家までひろげれば、この「映像関係者＝小説家」というケースがいちばん多いかもしれない。もちろん、本業を他に持ちながら小説を書くのは映像関係者だけではない。アーティスト（『ピンクとグレー』の加藤《かとう》シゲアキ）、俳優（『チェンマイの首　愛は死の匂い』の中村敦夫《なかむらあつお》）、芸人（『火花』の又吉直《またよしなお》樹《き》）、ジャーナリスト（『ハードトーク』の松原耕二《まつばらこうじ》）と、活躍の場を小説の世界にまでひろげる人は数多いのである。

海外では、イギリスのディック・フランシスが有名だ。競馬の騎手として成功をおさめたディック・フランシスが引退後にミステリー小説を書くと世界中が驚いた。それが実に見事な小説であったからだ。ディック・フランシスが活躍したのは１９８０年代の半ばまでなので（作家活動は２０００年代まで続けたが、１９８０年代の半ば以降は明らかに精彩を欠いている）、いまやその名前すら知らないという読者もいたりするのが淋《さび》しい。それはともかく、つまり、他業種の人が小説を書くケースは、洋の東西を問わず珍しくはないのだ――ということを枕に置いたのは、本書の著者である神田茜もまた本業を他に持ちながらも小説に取り組んでいる人だからである。

私が紹介するまでもないが、神田茜は講談師である。同時に小説家でもあるが、その作品は以下の通り（２０２０年２月現在）。

①『フェロモン』２００７年８月　ポプラ社
②『女子芸人』２０１１年１月　新潮社
③『ふたり』２０１３年２月　新潮社
④『ぼくの守る星』２０１４年３月　集英社
⑤『しょっぱい夕陽《ゆうひ》』２０１４年11月　講談社
⑥『オレンジシルク』２０１６年４月　新潮社
⑦『七色結び』２０１８年１月　光文社
⑧『母のあしおと』２０１８年８月　集英社
⑨『シャドウ』２０１９年９月　小学館文庫

私が初めて神田茜の作品を読んだのは、第6回新潮エンターテインメント大賞（選考委員は三浦しをん）を受賞した『女子芸人』で、「恋や仕事に悩み、壁にぶつかり、それでも邁進《まいしん》する女性漫談家コトリの日々を軽やかに描く芸人青春小説」と評したが、この作家の真価に気がつくまでずいぶん時間がかかったことを思い出す。

リストにある9作をすべて読めば明らかなのだが、神田茜は実に多種多様な作品を書いている。たとえば第1作『フェロモン』は、5人の女性を描く連作だが、これがデビュー作とは思えないほど鮮やかだ。「奥様」という短編の主人公美佐江32歳の造形を見られたい。居酒屋で料理を運ぶ仕事についているとき、板前に誘われると「あたしさ、こう見えても五十過ぎてるの。これ入れ歯なの」と言うのだ。これは冗談ではなく、いつか言ってみたかったことだというから想像を絶している。ここにもう一編を並べてみれば、この連作集の核が見えてくる。作品的には、引っ越し作業の荷造り担当として働く晶子35歳の日々を描く「依頼人」の構成が群を抜いているが、美佐江32歳に並べるのなら、「マリオン」の小百合23歳のほうがいい。女優志願のホステスだが、電車の中でサラリーマンに「ねえ、降りようよ」と声を掛けられる場面。1、2、3と数えてから返事するつもりだったのに（3まで数えたら「うん、降りる」と言うつもりだったのに）、3まで数える前に「ちっ、なんだよ気取っちゃって」とくるりと背中を向けられる場面である。要領の悪い小百合を象徴する挿話だが、これは弱点を語る挿話ではなく、性格を語っているにすぎない。小百合とはそういう女性なのである。その描き方がいい。ようするにこの第1作は、脱力系ヒロイン小説なのだ。

このことをまずは頭に置いておいていただきたい。結論を先に書いておくと、同じ傾向の作品は二度と出てこない。第2作『女子芸人』は紹介ずみなので、次は第3作『ふたり』。これには驚く。すぐに明らかになることだからここにも書いてしまうが、「多重人格障害」のヒロインの物語である。控えめな「千絵」と、怒りまくる「モス」。二つの人格が交互に現れて物語は進展していく。これがどういうふうに展開していくかがミソだろうから、ここには書かないでおくが、極めつけの異色作といっていい。

第4作『ぼくの守る星』は、ディスレクシア（知的には何の問題もないのに、読み書きに不自由さをかかえている学習障害）の少年を中心にした連作で、語り手を次々に変えていくが、それぞれのドラマをたっぷりと読ませて飽きさせない。さまざまな家族を描くという意味で、これはある種の家族小説だ。

しかし、いま気がついたが、このペースで9作を紹介していくと、決められた枚数を超えてしまうので、あとは急ぐことにする。第5作『しょっぱい夕陽』は傑作なので、本当はじっくり語りたいところだが、ここは『母のあしおと』を解説する場であるので、ぐっと我慢。『しょっぱい夕陽』は48歳の男女を描く作品集で、「肉巻きの力」がベスト。

絶妙な人物造形が素晴らしい。さまざまな夫婦を描くという意味では、夫婦小説か。

第6作『オレンジシルク』も面白い。信用金庫につとめるヒロイン印子が手品に興味を持つところから始まるが、その後の展開は予想がつかない方向に進んでいく。これはなんとラブ・コメディだ。最後はちょっと出来すぎの展開になるが、感動のラストまで一気読みさせるのは見事。第7作『七色結び』は、これもコミカル・タッチだが、ひょんなことから中学校のPTA会長になった主婦鶴子の悪戦苦闘の日々を描くPTA小説。第8作の本書はあとにして、第9作『シャドウ』は、とてもシリアスな恋愛小説。芸能人の姉と、付き人の妹を描く姉妹小説でもあるが、古風な恋を描く長編でもある。

というわけで、第1作『フェロモン』から第9作『シャドウ』までを概観するなら、脱力系ヒロイン小説、芸人青春小説、「多重人格障害」小説、家族小説、夫婦小説、ラブ・コメディ、PTA小説、姉妹小説と、同じものが一つとしてないことに気づくのである。一作ごとに趣向を変える、というのは、言うは易《やす》く行うは難し。それほど簡単なことではない。それを神田茜はデビューからずっとやってきているのだ。すごいよなあ。で、ようやく第8作の『母のあしおと』の話になるのだが、本書が刊行されたとき、私は新刊評で次のように書いた。短い書評なので、その全文を引く。

「1人の女性の一生を逆にたどる異色の連作集である。まず最初は2014年。ヒロイン道子が亡くなって3年半後の夫・和夫の独白で始まっていく。2人の息子は東京で家族を持ったので和夫は一人暮らし。定年後は山の中で養蜂を始めている。道子は和夫の記憶の中にいる。その静かな日々から、1953年、ヒロイン10歳の孤独まで、時間線を遡って物語は進んでいく。語り手は次男、長男の嫁とリレーしていくが、道子の姿が徐々に変化していくのが興味深い。優しい母親から意地悪な姑《しゅうとめ》まで、このヒロインはさまざまな顔を見せていくのだ。そのどれもが真実の道子に違いない。リアルな『女の一生』がゆっくりと立ち上がってくる」

もう少し続けると、時間線を遡るという構成がいかにも神田茜の作品らしい。女の一生を描くなら普通に時間線通りに描いてもいいのに、そういう道をこの作者は選ばないのだ。常に新しいことをやり続けてきた著者らしい発想といっていい。

この構成のために、ヒロイン道子の人生が複雑に、そしてぐんぐんと奥行きを増していることに留意。最後に収められた「まど」は、道子の母親の視点で語られる短編だが、そのラスト、母親の腕のなかで眠る道子の姿が胸に残る。道子の母はこの2年後に亡くなることを読者である私たちは知っているので心穏やかに読めないのだ。しかしそのシーンでこの物語は終わるのである。だからページを閉じたあと、私たちはこのあとの道子の長い人生に思いを馳《は》せていく。この小説を胸のなかで逆にたどっていくのだ。きゅんきゅんしてくるラストシーンだ。

（きたがみ・じろう　書評家）

本書は、二〇一八年八月、集英社より刊行されました。

初出「小説すばる」
はちみつ　二〇一六年一月号
もち　二〇一六年九月号
ははぎつね　二〇一七年二月号
クリームシチュー　二〇一七年四月号
なつのかげ　二〇一七年七月号
おきび　二〇一六年八月号
まど　二〇一七年十月号

神田　茜の本

ぼくの守る星

どうして僕は、みんなと違うんだろう？　難読症を抱える中学生の翔。彼を取り巻く親や同級生も、それぞれに悩みを抱えていて——。苦しみながらも前に進む人々を温かく描き出す物語。

集英社文庫

集英社文庫 目録（日本文学）

集英社文庫

母《はは》のあしおと

2020年4月25日　第1刷　　定価はカバーに表示してあります。

著　者　神田《かんだ》　茜《あかね》

発行者　徳永　真

発行所　株式会社　集英社

東京都千代田区一ツ橋2-5-10　〒101-8050

電話　【編集部】03-3230-6095

【読者係】03-3230-6080

【販売部】03-3230-6393(書店専用)

印　刷　凸版印刷株式会社

製　本　凸版印刷株式会社

フォーマットデザイン　アリヤマデザインストア　　マークデザイン　居山浩二

ISBN978-4-08-744101-7 C0193